寻找生命中那一缕芬芳

马　丽◎著

东南大学出版社
·南京·

图书在版编目(CIP)数据

寻找生命中那一缕芬芳 / 马丽著. —南京：东南大学出版社，2014.10

ISBN 978-7-5641-5303-8

Ⅰ.①寻… Ⅱ.①马… Ⅲ.①散文集-中国-当代 Ⅳ.①I267

中国版本图书馆CIP数据核字(2014)第251756号

寻找生命中那一缕芬芳

出版发行	东南大学出版社
社　　址	南京市四牌楼2号(邮编:210096)
出 版 人	江建中
责任编辑	夏莉莉
经　　销	全国各地新华书店
印　　刷	南京玉河印刷厂
开　　本	880mm×1230mm　1/32
印　　张	6.125
字　　数	200千字
版　　次	2014年10月第1版
印　　次	2014年10月第1次印刷
书　　号	ISBN 978-7-5641-5303-8
定　　价	24.80元

本社图书若有印装质量问题，请直接与营销部联系，电话:025－83791830。

CONTENTS 目录

·CHAPTER 2·

· CHAPTER 4 ·

· CHAPTER 5 ·

生命的意义 / 143

序

——写给 30 岁的自己

古人云:二十弱冠,三十而立,四十不惑,五十而知天命,六十花甲子,七十古来稀,八十九十耄耋,一百期颐。

在自己小时候,脑海中只要一浮现出 30 岁这个年纪,首先会觉得离自己相当遥远,其次会觉得这样的年纪,必然是有所成就和突破自我的一个年纪。和友人聊天,才发现他也到了而立之年,于是笑问:"你这个年纪的成就呢?"友人笑谈:"现在这个时代三十而立已经要改改了,对于目前压力巨大的年轻人,应该将而立的年纪狠狠地往后推,才更加适应这个时代的发展。"一句玩笑,却引发我无限深思。

如今的自己也步入了这样的年纪,在不经意间翻起曾经的相片,再对着镜子中的自己,才发现这么多年来自己也竟有了意想不到的变化,虽然容颜没有太大的改变,但是神态俨然已经变了一番模样。曾经的青春年少,曾经那个无忧无虑的快乐女孩,在如今看来已经变得那么遥远。现在镜子中呈现出来的自己是一个成熟、淡然、平和的女子,不再会肆意地笑、忘情地哭,不再喜欢喧闹的环境,只喜欢一片安静的领地。

30 岁,对于一个男人来说也许已经到达即将要发光发亮的时刻,魅力也将慢慢浮现,所以没有一个男人是会惧怕他人生中的30岁的。然而对于一个女人,在这样的年纪到来的时候,心里还是会惶恐,因为这个年纪的女人已经到了和青春说再见的时候,这个年纪的女人将面临她非常惧怕面对的逐渐衰老,她已经不再被称为小姑娘,她可能需要承担起一个女人更多的职责,她可能到这一刻才真正步入一个女人的轨迹,她可能在不经意间发现自己需要努力变得更加成熟,她可能需要学会独立承担生活中所有的酸甜苦楚,她可能变得沉默寡言,她可能已经逐渐学会如何微笑着去面对这个世界。

曾经还被人称为“哥哥”“姐姐”的我们如今却往往被人直接称呼为“叔叔”“阿姨”,这样的改变有时候可能连我们自己都觉得还需要一定的时间去适应和调整。

设想,如果自己能活到90岁,那此时的人生已经过去了三分之一的时光,其实人生的步伐已经迈得很远了。曾经的自己对于30岁这个年龄简直不敢设想,那个时候觉得30岁离自己是那样的遥远,然而当这一天真的到来的时候,才恍然,仿佛过去的这30年就像一页页篇章般被翻过去了,展现给自己的是一个全新的、未知的、不曾预见的内容。不禁感叹,时间,往往就是这样,总是让你在不经意间感受到它无比强大的能量,然后在这样的能量的映射下,你会觉得自己竟然是那样的渺小。

总觉得应该为自己人生中的30岁做点什么,总在不断地设想如何去纪念自己人生中这个重要的时刻。于是在一次次的构想中想到了写这本书。在这里所呈现出来的一切都是在我人生的这30个年头里自己眼中、耳中、心中所看到、听到、感受到的一切。我喜欢观察生活,我喜欢聆听每个有血有肉的故事,我更喜欢探听每个隐藏在故事背后的秘密。这些一直深藏在我心底的文字如今就要展现给你们,我不知道你们会不会也和我有着一样的感受,我不知道你们是不是也在思考着自己的人生，我只希望我们可以通过语言和文字互相交流，也许我们并不认识彼此，但是我们拥有无比诱人的天赋，我们通过思想贯穿彼此的心。

我也有过很多丰富多彩的经历，在我还如花一般的年纪。我做过模特，做过主持人，参加过歌唱比赛，但现如今我和你们一样生活在这个城市的某一个角落，做着一份简单而普通的工作。虽然现状和曾经的梦想已经相差很远很远，但我依然感激，因为它的真实，因为它的平凡而伟大。很多时候我看着这个世界在我面前呈现出来的模样，我用自己的心感受着它，和它对话，我发现自己也在慢慢地读懂和理解这个世界。

我们都渴望自己生命中的不平凡，但很多时候我们却必须面对生命中的每一分平凡。脑海里清晰地记得曾经有个朋友告诉我：当你觉得自己还一无所有的时候，不妨看看自己，你是否已将自己变得有能力去拥有你所想得到的一切。所以我想，对于人生的态度我们更应该如此，不要去埋怨你没有得到的一切，而要更多地去想想如今你有没有让自己变得更有价值，有些时候结果固然重要，但更多时候我们更应该明白结果往往都是过程的产物。

所以，在30岁这天到来的时候，我想，我可以做到坦然面对。因为在我看来，一切，才刚刚开始。

CHAPTER 1 我是谁,谁又是我

我们这一生很多时候,都是在看着别人的故事,感受着别人的人生,在别人的电影里演绎着不起眼的角色,却往往忽略了自己,忘记了看看自己是谁,忘记了其实我们本身就担任着主角。是因为我们本身不够优秀,是因为我们的故事过于单调,还是因为我们已经不敢去面对最真实的自己?

爱上书的气息

当清晨的第一缕阳光洒射到这一片广袤的大地，城市开始苏醒，万物开启了他们全新的生命模式。我的一天也在这样既定的启动模式下开始运转起来。

在我看来，世间万物都是有生命的，他们都在用自己的语言、肢体、行动，生活在这个世界的每一个角落，他们有快乐、悲伤，他们也会欢笑、哭泣。我们无法领会他们中的每一种语言，然而我们却可以嗅到他们独有的气息。我们凭借自己的嗅觉去找寻自己独爱的第三类生命，而我寻找到了我将钟爱一生的生命：书。

虽然现在科技发达到你只要随意在键盘上敲打你的问题，一秒钟就可以迅速找到你想要的答案，你不花一分钱就可以在众多的读书网站中找到某篇你想看了很久的文字，然而我却毅然不与时俱进，我独爱书的香气，我爱将他们拿在手里，闻着墨香，看着一个个铅字在我面前如小精灵般跳动，抚摸着他们可人的曲线，而不是将他们隔离在我永远触碰不到的冰冷的电脑屏幕里。

我喜欢读书，在每一个温暖的、懒散的午后，坐在街边，感受每一份人间冷暖。每当手中握着一本书，我就像坐上了穿越时间的机器，去到书中的那个世界，书中描绘的每一个生命都在此刻变得鲜活起来，仿佛他们就坐在我的身边，和我一样，手握着一杯香气扑鼻的卡布其诺，向我诉说他们的故事。就这样，我如痴如醉地度过生命中一个又一个温情的、热血沸腾的、震撼心灵的日子。

我喜欢读书，每一本书于我而言就像是我生命中不断出现的一位智者，我甘愿把心交给他们，然后我们一起来到一片美丽的国度，那里有欢声笑语，有悲欢离合。这一秒我刚看见一对相偎相依的老人，下一秒我则看见生命垂危的病患；这一刻我看见一个孜孜不倦的学童，下一刻我则看见一位被现实击溃的青年。还没等我缓过神来，我又被领着继续前行。这一次我来到一片绿草地，空无一人，只有小草在微风的召唤下向我舞动身体，在阳光的照射下显得格外耀眼，映照的那一片绿像是一波巨浪袭入我的心底，和天空的蓝、云朵的白比起来是那样让人惊艳。当我正着迷于这其中的风采时，发现眼前的景象又发生了变化，呈现在我面前的是一片汪洋大海，那么宽阔，宽阔到我的视野都没法全部装下，我听着海浪拍打岩石的巨响，感受浪花溅入衣襟的力量。当我缓过神来，寻找智者的身影时，发现他已腾云驾雾般消失在华丽的空中，在天际留下一行我至今无法忘怀的文字：这就是世界所呈现出来的一切。

我想，我喜欢读书，是因为我喜欢分享每位智者在他们的世界里为我所呈现的一切。我喜欢让思想和他们一起旅行，我喜欢和他们结伴而行。我不会孤独，因为一路上都会有灵魂的伴侣。

粉色情结

粉色是一个充满梦幻的颜色，粉色是一个能让人充满期待的颜色，粉色是每个女人一生不可或缺的颜色。

每个女人的心中都住着一位公主，每个女人都幻想着自己能拥有童话王国里的一栋古堡，有万人爱戴，有一位王子陪着自己直至终老。我们就是在一个又一个美丽的童话故事的熏陶下长大的，我们耳濡目染了那么多浪漫唯美的故事，于是我们也对那样的世界充满了无限憧憬。等长大后我们才发现，原来现实的世界根本没有那样的梦幻王国，于是我们逼迫自己走出那样的梦境，进入另一个缤纷的世界。我们发现其实原来公主并不存在，我们只是这个世界上很小的一分子，我们开始在这个世界里选择最适合我们的颜色，我们也许早已抛弃公主最爱的粉色，来到现实的那片领地，过着普通的生活。

我对粉色始终有着无法抗拒的情结。路过橱窗，只要看到粉色系的东西，总是忍不住多看几眼，哪怕只是驻足欣赏，心里也觉得特别满足，特别舒服。我想，粉色于我而言，是一种纯粹而又震撼的颜色。之所以说它纯粹，是因为这个颜色永远让我内心无比安详，它就像拥有一种魔力，让我看到之后就像着迷一般陷入它的迷雾，见到它我的眼里已经看不到任何其他事物，只愿躺在它温暖的怀抱，就像一个小姑娘对偶像的膜拜，在那一刻我是无比单纯的。粉色对我而言又是如此震撼，因为大千世界，色彩丰富，却没有一个色彩如它这般打动我，让我为之痴，为之醉。

有人说，粉色只是小姑娘的颜色，它已经不再属于成年人，一个成年人往往很难再去驾驭这个颜色，驾驭不好也许会适得其反，遭来老不正经、装嫩的骂名。其实我想说喜爱粉色的女人一定都是有爱心的，心中一定是充满光明的，一定是朝气蓬勃充满活力的，一定也是有梦想的。也许我们由于职业的关系每天只能选择最单一的色调，也许我们由于社交场合的缘故早已为自己固定了色彩，但我想让心中对粉色痴迷的这一片净土尽可能保留吧，因为再坚强、再伟大的女性也有她脆弱的一面，保有这片童年的纯真，没有什么不好。

我爱粉色，在我眼里它已经不是一个简单的色彩。它代表我对生命的热衷，无关乎年龄、金钱、地位、财富，它只代表我的心境：永远健康快乐的生活，感恩这世界赋予我的一切。

偶像:汤唯

周围很多朋友说我长得和一位女明星很像,这才记住了这个名字——汤唯。最初是因为这个,才开始关注这样一位演员,爱上她则是因为《北京遇上西雅图》这部电影。她不是那种一眼就可以让人记住的美女,然而她与生俱来的那种气质却是如此耐人寻味,就像一瓶储存多年的上等红酒,一口下去你很难体会有什么不同,然而细细品味,却香味横溢。

看过一篇报道,说汤唯之前被封杀了一段时间,就是因为拍了《色·戒》这部电影之后引起了不小争议,后来由于种种不成文的理由被各大电视台封杀了。这就好比一个人好不容易就要体会到爬上山顶的感觉,可是头上却被大石一砸,重重地摔了下来。换成任何一个普通人,这种打击是很难去承受的,然而她出乎所有人意料地出国深造去了,并练就了一口流利的英语。老天总是会眷恋那些怀抱梦想、不放弃并为之不断努力的人,所以今天她又回来了,变得更加自信,更加美丽,更多了一分当时小姑娘时少有的坚定、成熟。

娱乐圈对于很多年轻人来说是像迷雾一样的天堂,是我们只能在外面看到却永远没法踏入的世界。多少人怀抱梦想,希望在这个美丽的大世界里有一番天地,然而地方就那么大,东西就那么多,能真正屹立不倒的就那么几位。所以这里面所有激烈的竞争、角逐、争斗,最后都是为了获得那么一个席位。

喜欢汤唯,因为她很真实。开心就笑,不开心就哭。这是一分现代人难有的真实。我们每天戴着那张我们设计好的面具，把真实的自我隐藏在一张虚假的面孔下，却早已忘记了我们原来真实的面孔。

喜欢汤唯，因为她很努力。很多美女仗着自己漂亮的脸蛋就认为女子无才便是德，不去学习，不去升华自己，殊不知当年华老去，岁月这个无情的恶魔终究站在我们的身后，时刻提醒我们生命即将枯竭。

喜欢汤唯，因为她很有气质。在她身上似乎看不到浮华掠过的痕迹，就像雨后晴空的彩虹，闪耀但不让人厌倦，让你忍不住想要留住那美丽的一刻。

美丽是老天赠予我们的第一份大礼，我们当然应该首先庆幸我们拥有它，但当我们收下这份大礼时也别忘记，这份礼物是有期限的。我们如何在拥有上天眷顾的同时去创造属于我们自己的天地，将这一切转换成永恒，这才是我们需要思考的。

也许你很美，也许你生来丑陋，都没有关系，因为上天造就我们一定是有它的道理的，我们唯有觉悟到上天的良苦用心，努力朝心中指引的方向奔跑，提升自己，才可以守住一片叫永恒的花海。

愿幸福伴随在那些努力奋斗的人周围，愿你一切安好。

校园广播站

每天中午12点整，不管天空表现出来的是晴空万里，还是阴雨绵绵，都会有一个声音伴随着悦耳的音乐弥漫在整个校园的上空，说着时而激昂、时而忧伤的文字，和大家分享着每一分喜悦，每一分感动。而我是多么骄傲这个声音是从我的喉咙里发出来的，散播在校园的空气中再慢慢地渗入每一个人的心里。那个时候我就是这样用自己的声音陪伴着大家度过了一个又一个午后的时光。

一直在寻找记忆里的碎片，却已经完全记不起来自己是如何得到这份诱人的差事的，只记得我在那间狭小的、简陋的却又五脏俱全的播音间里度过了我学生时代的值得用一生来追忆的那一段时光。

那个时候的我每天在这个小小的世界里用声音去诉说着我每一天的心情，因为每天的节目内容都是我来定的，这让我真的开心不已，无论是音乐的选取还是文章的内容都是我精心设计的，直到现在我依然感激那个给我无限支持的老师，感谢她能独具慧眼，看出我的这一分才能。也因为这个关系，听了很多音乐，读了很多书，认识了很多至今我还一直在迷恋的歌手、追捧的作家。对于我来说，那个时候每一天的中午时刻，都令我澎湃不已。

我一直相信人的声音具有无限的能量，它能够传递出丰富的情感，无论你是快乐还是忧伤，都可以通过声音淋漓尽致地展现在每一个人的面前。你的音调，你的语气，甚至你在任何一个字上面做的停留都可以倾力地表达出你的情感。

所以曾经有一刻，我爱上了 DJ 这个行业，和主持人有着雷同之处却又有着明显区别的行业。它对声音有着极高的要求，你看不见我的脸，你只能通过声音来记住我。那个时候的我觉得这个职业充满了无限的神秘色彩，让我控制不住地对它有着无限的憧憬。

那个时候的我喜欢王菲，很多时候我都放王菲的歌，那个时候的王菲有着很多另类的造型，唱着飘进你心里的歌，如天使般在这个世界展示着她孤傲的个性。正如那个时候的自己，一直梦想着自己有一天能够翱翔在天空中，找到属于自己梦想的天堂。一直期待着自己能够有着精彩绚丽的人生。

后来，我也主持过大大小小的晚会，穿着艳丽的晚礼服，画着精致的妆容，说着千篇一律的开场白，但在镁光灯谢幕的那一刻却怎么也找不回原来的那一份感觉，我总觉得我是在刻意迎合别人的心情，把自己的心情隐藏在镁光灯看不见的那个角落，唯有灯光落去才独自显示出内心的悲伤，完全不由自己来掌握。

虽然今天的我从事着和曾经的梦想完全没有任何关联的职业，甚至有一度我感觉我离之前的时光已经好远好远，远到有时候我都已经记不清那个时候的自己居然还曾有过这样的梦想，而那个时候的自己几乎每天都沉浸在这样的梦想中如痴如醉，如梦如幻。但是现如今的我依然还保留着听歌的习惯、看书的兴致，我想这对我而言就够了。我非常感激上苍，在我人生的经历中能有这么一段难以忘怀并且灿烂的时光。

如今的校园广播站里坐着谁，发出怎样的声音我已不再知晓，但我只想告诉她，她是如此荣幸，因为这将成为她记忆中无比宝贵的一段时光。

情　　书

在我上大学的那个年代，很少看到有人写情书了，由于通讯的发展之迅速，人们表达爱的方式也变得越来越快捷。情书，已经被当作古董级的文物了。现在的人们只要敲打键盘，便可以在很短的时间内获得所需要的文字，通过打印机打印出来，工整规范，无所谓你可否写得一手好字，都可以打印出你想要的感觉。

我一直保留着一个盒子，里面装满了我收到的情书。打开盒子之后，呈现出各式各样的信纸，各式各样的字体，各种类型的文笔，这让盒子充满了神秘的色彩。

高中时期的我几乎每天都能收到几封情书，它们被折成各式各样的形状，在每天早上上学前都早早地藏在我的抽屉里，静静地等候我的到来。它们就像我的好朋友，每天召唤着我的到来，阅读它们也成了我那个时候每天必做的事情之一。

很多时候我其实连写信人的名字都叫不出，但是他们留在缤纷多彩的信纸上的文字却被我记在了心里。印象比较深刻的是这样一个男生：他每天用文言文给我写信，从不间断，而且他的信纸和别人的不同，不是散落在抽屉里，而是用一个钉子钉在我的桌上，并且每次他的信纸都会折成爱心的形状。

我几乎从来不回这些情书的，不是因为高傲，也不是因为懒得理会，而是在那样的年代，在那样特殊的时期，我从来不允许自己去想感情这回事，那个时候我最大的愿望就是能考上一个好大学，实现爸爸妈妈的心愿。

我更是从来没有想过在那样的年代就开始属于自己的爱情，况且那个时候我根本不懂什么是爱情。很多时候我就是这样默默地，大多数时候都是一个人，静静地走在校园里，静静地呆在自习教室里。很多时候我走过一些教室前也会听到里面的起哄声，但我只是快步走过，那个时候的我是很封闭的，几乎不向任何人敞开心扉，很少和人交流。甚至很多时候，我也感到孤独，但是我不能让爸妈失望，这是我唯一的愿望。

后来抽屉里的情书越来越少，但钉在桌上的那个心形情书却每天都会出现，坚持了很久。不变的文言文，不变的字体，不变的信纸。虽然里面有一些文字我觉得我当时根本无法理解，也不明白他到底想表达什么，我甚至怀疑他是否清楚他写的是什么，还是只是为了表现他的特别来吸引我的注意，但有那么一瞬间，我真的被这个男生感动了，我突然很想见见这个人，很想知道他是什么样的一个男生，很想知道他为什么这么执着，很想知道我有什么地方吸引他。

于是我生平第一次回复了，我约他在学校的操场见面。然后我便见到了这个阳光大男孩，他有着灿烂的笑容，戴着一副眼镜，皮肤很好，眼睛很大，我还看到他泛红的面颊。我其实不知道自己有什么样的魅力去吸引这样一个男孩，他看起来是会有很多女孩喜欢的类型，一定不会缺少爱情。那天我们具体说了什么我已不记得了，只知道他灿烂的笑容越来越少，最后消失在我的视线里，我想我是拒绝了他。后来我再也没收到过他的情书。

直到今天我依然很感谢这个男孩：感谢你，在你那样美好的年代给予我的那一分无比纯真执着的爱情，也请原谅我在那样青春的年代无力去承担起这样的爱。

每个人都或多或少收到过情书，每个人也都曾向自己喜欢的对象表达过爱意。虽然在青春的年代我们并不真的完全懂得什么是爱情，但是那一封封信纸上的文字都是我们用心写出来的。也许我们写了又撕、撕了又写之后才敢投递出去，然后紧张又激动，却又充满了期盼。

这个青春的魔盒我会一直保留着，也感谢你们，那些曾经给我写信的人们，愿你们现在都已经找到自己的幸福，快乐地在这个地球上生活，愿你们一切安好！

完美主义

从来未曾研究过星座这个东西，也不知道它究竟有着怎样的魅力可以吸引无数人那样痴迷，甚至可以研究出速配指数这种在我看来极其玄乎的东西。只要问下你是哪个星座，即使初次见面也可以将你这个人的性格特征列举出那么个一二三点，令人咂舌。而当我碰到这些人的时候，待我对他们说出自己星座的那一刻，他们一致脱口而出的是：哇，你是标准的完美主义者！

听得多了，自然也会开始思考，我真的是完美主义者吗？

每天早上出门前，总要在镜子前从头到脚确认一番，甚至连眉毛两边的高度也不可以有任何偏差，衣服的领子也要对称，确认头发的高度，鞋子上是否有灰尘，裤脚是否有任何翻起的地方，全部确认完毕后，再挎着心爱的包走出门，等锁上家门后再拿出手机，对着屏幕最后确认一番方才愉悦地走出小区。

一个人逛街的时候，总是挑不出东西，好不容易看中一样东西，却会被冰冷的标价吓到，不禁感叹：是自己眼睛看错了吗，怎么可能会有这么多个零？于是来到自己可以承受的价格范围内挑选，却总是能挑出东西的毛病来，所以我想服务员应该是不喜欢我这样的顾客的。有的时候甚至在决定买单的前一刻我能突然因为一个很小的问题就决定放弃这次交易，然后就总会得到服务员瞟来的白眼，之后自己便匆匆离开，头也不敢回。

逛超市的时候，买水果是最让我头疼的问题，但是又不得不买。

最爱吃的水果是苹果，几乎每天一个，但是购买的过程着实艰辛，除了看形状、色泽，还不允许有任何瑕疵，所以每次我都是把所有东西买完了再去买水果，因为知道将会在这上面花去我大把的时间。有的时候好不容易看中准备将它收入囊中，却被上面的一个黑点狠狠扎入眼帘而直接将它退回，又重新开始新一轮选择。最后直到几乎把所有苹果都翻了个遍才选出中意的那几个带回家。站在旁边的阿姨每次总是操着上海话说个不停：哎哟，个小姑娘哪能个副腔调啊，烦色特了！那个时候才发现自己是这么不招人喜欢，选完之后又是一顿逃跑。

在家的时候，总是不能见得有任何东西摆放得不整齐，总是不能容忍脏东西在视线中停留超过 5 分钟，不能容忍被子没叠好就走，不能容忍衣服没洗就睡觉，不能容忍今天的碗居然到隔天才洗。

我已经不敢再往下想，到这里已经发现自己是个彻头彻尾的完美主义者。我以这种态度要求着自己也要求着我身边的人，在这里向那些被我约束中及约束过的人说声抱歉，抱歉你们跟我一起受累了。但是更要感谢你们，感谢你们一直以来的爱护，感谢你们一直以来的包容，感谢你们对我的那一颗无私的心。

不知道是不是完美主义作祟，我总是不能领悟到断臂女神维纳斯的美，我总觉得有臂膀的维纳斯或许更加迷人，我总是不能理解为什么这种缺失会和美丽挂钩，有时候看着女神维纳斯的眼睛，我能听见她发自内心的对那一双臂膀的渴望，我总是能感受她的哀愁。

完美是一种生活态度，完美更是一种精神，虽然我知道这个世界上并没有完美，虽然我知道对于完美的追求简直像无底洞一样，虽然我知道朋友眼中的我有时候活在自己幻想的世界，虽然我明白这有点不切实际，甚至脱离现实，但是我还是想坚持这种态度，因为这才是我的人生，我的人生只有我自己才能主宰。

感谢生命，感谢你们，感谢完美主义！

舞蹈与生命

记忆中第一次接触舞蹈是从妈妈送的八音盒开始，精美的盒子里住着一位诱人的天使，打开开关，这个美丽的天使就在眼前舞动起来，伴随着悦耳的音乐优雅迷人地舞动着，而我也总会不由自主随着这位美丽的天使一起旋转着、欢笑着、舞动着。直到妈妈走过来抓住我，让我不要转晕了才停止下来，然后随着我心目中的这位天使一起沉静下来。那时候八音盒顺理成章地成为我的最爱。

长大后虽然没有能真正走上舞蹈这条道路，但一直没有放弃过对它的热爱。由于没有受过专业训练，所以只敢独自在家中跟着音乐随意摇摆，却也落得一分快意盎然。并且不管在屏幕里还是在现场，只要看到有舞蹈的表演，我总会停下来去安静地欣赏。逐渐的，我已经学会如何去读懂每一支舞蹈，慢慢的，我已学会去欣赏每一支舞蹈的灵魂。

在我眼里，舞蹈是这世界上最美丽的语言。它虽然是无声的，但是一个舞者用他舞动的身体展现出了这个世界上无法用任何言语来形容和表述的情感，这种展现方式拥有一种强大的力量可以直接打入你的内心。你只需静静地观赏，也许你就可以看到一对苦情恋人明知不能在一起却不停挣扎的勇气，一个普通得不能再普通的母亲对自己儿子最无私的爱，一对情人曾经的约定在若干年后终于实现的那一分喜悦，一个被爱情背叛的伤者伤痕累累后自暴自弃的灵魂。当你读懂了这种无声的语言，你自然也会跟随着它的喜悦一起欢笑，跟随着它的悲伤一起哭泣。你的内心一定会被深深地震撼着,那一刻你一定会相信这个世界上是有第三类语言的,这种语言不需要通过嘴巴或者文字来实现,它只需要一颗真实的心。

舞蹈是有生命的。有那么一刻我甚至可以感受到它的脉搏,时而紧张,时而平静,时而豪放,时而微弱。曾经见过那么一对舞者,相信很多人也都听说过,他们是一对组合,女子缺少一只手臂,男子缺少一条腿,就是这样的一对舞者,倾情演绎出了让无数人为之动容的灵魂。在我们最初的意识里,舞蹈一定是不能和残肢挂钩的,舞蹈是一定要四肢健全的人来跳的,然而这两个人用他们坚强的毅力、强大的灵魂将舞蹈的生命更鲜活、淋漓地展现在大家面前。这对舞者在向众人诉说残缺的美丽并不能抹杀他们心目中生命力旺盛的灵魂时,很多人钦佩他们。他们将这种灵魂附着于舞蹈中,让你可以清晰地感觉到它的心跳、它的躯体,仿佛触手可及。大家在谈论他们的传奇之时也更加确定了舞蹈是有生命的。

人的生命有起有落,有起点就必将伴随着终点。舞蹈亦是如此,一段再精美绝伦的舞蹈也会有谢幕的那一刻,一个再完美的舞者也有年华逝去的一天。然而我想之所以这么多人还那么苦苦追逐、不抛弃、不放弃,正是因为舞蹈传扬和承载着和我们的人生一样的信念:只要生命还在,就美丽绽放;只要心有所想,就尽情展现。

让我们像热爱自己的生命那样去热爱舞蹈,愿我们都能拥有我们生命中的八音盒。

我只喜欢你

从看到你的第一眼开始，我就知道我们之间有着冥冥中注定好的缘分。总觉得在哪里见过你，总觉得像是和你认识了很久，只是很久未碰面罢了。而你好像也在人群中认出了我，于是我们在四目交汇的那一刻给了彼此一个浅浅的微笑，然后我低下头，用余光看见你走近了我。

你伸出你的手，将它递到我的面前，我知道了你的姓名，看清了你的容颜。那个时候我们一起参加单位组织的培训，我们仿佛回到了青涩的单纯的学生时代，看着你见我时害羞的脸庞，我心中阵阵窃喜。那个时候你英俊帅气，气质非凡，而我也是青春靓丽，充满活力。我们就这样渐渐走入了彼此的生活。那一年，你 28 岁，我 26 岁。

你告诉我你从第一眼就已经喜欢上我，你告诉我你从未对任何一个女人有过这样的感觉，你告诉我我就是你一直等着的那个人。你制造了无数的浪漫和惊喜，让我开心，你把我介绍给你身边的每一位朋友，告诉他们你对我的爱恋。你牵起我的手，笑得如此灿烂，你告诉我你会用一生去保护我，不让我受任何伤害，你告诉我你要给我全世界最大的幸福，你告诉我你只喜欢我。我享受着你的爱恋，有一天你带我去吃我最爱的哈根达斯，在我最爱的草莓味冰淇淋球里我吃出了一个闪闪的钻戒。

像所有电影里演的那样，一切都是那么唯美，那么浪漫，于是我选择了嫁给你。你为我举办了最浪漫的婚礼，让我感觉那一天我是全世界最幸福的女人。慢慢地我们开始进入婚姻后的生活，一切的浪漫好像已经慢慢消失，取而代之的是琐碎的生活，我们开始了之前从未有过的争吵，我伤心过也哭泣过，我们有着不同的性格，我们以为我们已经了解彼此，却发现其实很多时候我们根本不懂彼此。在不断的磨合和生活的洗刷中，我们终于慢慢变得淡然，不再有争吵，也不再有悲伤，我们也有了自己的小生命，他的来临加大了我们的幸福度，我们就像所有人那样经历着爱情，然后走进了生活，在这个完整的家庭中幸福快乐地度过每一天的时光。

只因你的那句“我只喜欢你”让我无怨无悔地嫁给你，我更要感谢你娶了我这样一个女人，我有点任性，有点挑剔，总是不切实际地幻想，我有着无数的梦想要去实现，我对你有着无数的要求和期望，可是你依然那样包容我，不去打消我任何一个念想，你告诉我你要陪我一一去实现我的梦想，你笑着说，即使会很辛苦，你还是要一如既往地支持我，因为茫茫人海之中，你只喜欢我，没办法。

生命中有没有那么一个人，是这样对你无怨无悔地付出，只因那么多人中他只是一眼看上了你，然后就再也容不下其他人。我想，爱情最初的悸动也许是拥有，但最后的念想却是给予和包容。

感谢你生命中那些喜欢你的人，感谢他们对你的包容，感谢他们对你无怨无悔的爱。感谢你，我的先生。

你是我的骄傲

记忆中，小时候无论我走到哪里，母亲的朋友都会和我说：你妈妈无论走在哪里嘴上念叨的都是你，一提到你你妈妈就滔滔不绝，你是你妈妈的骄傲。可那个时候在我眼里，母亲是一个心口不一的人，因为我记得无论我做得有多好，有多努力，母亲永远都觉得我不够好，永远都觉得其他人还有很多比我好的地方，但是听到母亲朋友的阐述我又想不明白为什么母亲在别人面前会把我说得如此之好，好到连我自己都有点不敢相信。而且我那个时候更加不能理解的是，母亲就连在理发店做头发时都可以和那些发型师说起我的种种优秀，所以那个时候我是惧怕去理发店的，因为每次去都感觉自己的一切早已像放电影似的灌入他们的脑海里，那个时候我其实很反感母亲这样的做法，我其实非常不愿意把自己的一切公开在一个根本不熟悉的陌生人面前，哪怕是美好的事情。

如今，当我自己也成为一个母亲时，我才突然真正地理解了我的母亲，那个对我要求如此严格却在心中把我当成最大骄傲的母亲。我想，这种感觉也许真的是一定要等到自己做了母亲之后才可以理解的。当我有了孩子之后，我像全天下所有的母亲一样，把自己所有的爱毫无保留地给了我的孩子，在我眼中，我的孩子是全天下最可爱的孩子，怎么看都看不腻，我甚至想昭告全天下，想让全世界的人都来看看这是我的孩子。所以一度在路上遇见陌生人，他们停留在我孩子身上的目光和愉悦的逗乐都能让我开心不已，那个时候似乎自己已经不那么重要了,一切的核心早已转移到我的孩子身上,我为拥有他感到无比的骄傲和自豪。

记得小时候我和母亲说过一句话,母亲说就是因为那句话,母亲感动不已,对我一直不离不弃。我那个时候用稚嫩的童音和母亲说:妈妈,我就是你的小棉袄,无论你走到哪里,我都跟你到哪里。母亲说就是这样一句话,让她下定了所有的决心要把我一直放在身边,要把我培养为一个优秀的人。于是便有了记忆中的母亲每一次严厉的教诲和自己不敢放弃的努力。如今,我不敢说自己是一个多么优秀的人,但起码我人生中的每一步都走得无怨无悔,我尽着自己最大的努力,做到极致。那个时候的自己最惧怕的就是母亲的叹息和失望的神情,所以发生在别的孩子身上的叛逆时光从来没有在我身上出现过,我就这样在母亲的教导和自己的不断鞭策下一天天成长。

从母亲身上我学会了坚强。母亲是一个女人,我却从未看过母亲有过一次哭泣。小时候,我的印象中无论日子过得多么艰难,无论遇到多大的困难,母亲从未掉过一滴眼泪。生活中,母亲从未让我受过一点累,她只是默默地承受着一切,而我所能做的一切就是专注我的学习,而母亲,选择用一个女人的肩膀扛起了生活的重担。那个时候母亲总是告诉我,这个世界上只有你不想去做的事情,没有克服不了的困难。所以当我现在遇到困难时我总会想起母亲当时的神态,我总能想到母亲和我说过的话,我总是相信只要不轻易放弃,困难早晚有一天都会烟消云散。

从母亲身上我学会了独立。母亲总是告诉我,不要依赖任何一个人,因为这个世界上没有一个人天生就有义务对你好,所有人都应该学会用自己的能力去托起头顶的那一片天,把希望掌握在自己手中往往比寄托在别人身上更有价值。一个女人,唯有真正学会了独立,才能让男人更加爱你,因为我们不是寄生虫,我们既然有手有脚,就没有理由让它们失去本身应有的作用和价值。

从母亲身上我学会了自信。母亲总说，一个人一定要相信自己，如果连自己都不相信自己了，那别人就更不可能相信你。所以每每当我灰心丧气、怀疑自己时，母亲的话总是能在耳边响起，让我重新调整状态，坚信自己一定可以做得更好，因为信心是做好一切事情的源泉。

从母亲身上我学会了善良。母亲告诉我，这个世界上有些人的成功是建立在伤害和踩压别人的基础上的，那样的成功并不是真正意义的成功，那样的成功宁可不要。因为今天你如此对待别人，早晚有一天你也一定会被别人以同样的方式对待。这个世界上，你做任何事情，都会在某一天给你个相对应的结果。人在做，天在看，那些从善的人必定会有福报，那些作恶多端的人逃脱不了命运的惩罚。

从母亲身上我学会了感激。母亲说，你要感谢每一个对你好的人，这个世界上除了我和你父亲之外，对你好的每一个人你都要无比感激，因为他们和你没有血缘关系，他们却愿意对你好，那是你的福气，你应该感谢他们并且适当地回报他们对你的好，因为他们给你带来了温暖，让你在这个世界上更加快乐地活着。

我多么想和母亲说，从小我一直是母亲眼里的骄傲，而在如今以及将来要走完的余生，母亲才是我最大的骄傲。母亲不仅给了我生命，更用她自己质朴的语言和无声的行动告诉了我如何活着，如何面对这个世界。如果不是母亲，我不知道今天的我会不会是另一番模样，不知道我还会不会像现在这般感恩生命的美好。

现在的母亲在朋友面前谈起我依然会眉飞色舞，只是心境发生了变化。因为在她眼中，我已不再是当时那个小丫头，我已经可以独立去面对这个世界，她可以稍微放松点，去实现她自己余生的追求了。

感谢我的母亲一直以来对我无悔的付出，感谢我能成为母亲的女儿，感谢母亲把我当成这一生的骄傲。

时间都去哪儿了

有一首歌是这样唱的:时间都去哪儿了,还没好好感受年轻就老了,一生把爱交给他,只为那一声爸妈;时间都去哪儿了,还没好好看看你眼睛就花了,柴米油盐半辈子,转眼就剩下满脸的皱纹了。

初次听到这首歌的时候就抑制不住自己的泪水,心中感到阵阵的酸痛。脑海中浮现出无数画面,有快乐的,有悲伤的,有幸福的,有心酸的,但那个时候都有父母的陪伴。而今早已成立了自己的家庭,也离开父母开始了自己的独立生活,然而始终难以割舍心中对父母的牵挂。

我的父母是很善良的人,他们的这个优点毫无保留地遗传给了我,所以至今我依然严格要求自己:永远不去伤害别人。我的母亲非常好强,也很能干,她总是能帮我解决一切问题。而父亲则用他慈爱的双手为我撑起了头顶的天空。我一直都是家里的焦点,记忆中父母每一次激动,每一次欢笑,每一次难过都和我有关,我根本看不到他们自己的生活在哪里。

父母非常宠我,以至于我的先生认为这是溺爱的表现。和父母生活的时候我几乎不会做任何家务,每当我想帮父母去分担的时候总是被推到一边,所以结婚后我一直在这点上苦苦挣扎,也一直为这点苦恼不已。先生是北方人,对于女人的要求自然是比较传统的,而我也希望尽自己的努力去维持家庭的平衡,再加上自己一直相信没有不可能学会的东西,所以如今也能做到在上班前为先生准备一顿营养的早餐，在先生下班后能吃到一顿丰盛的晚餐，并且也能在极短的时间内将家里收拾得一尘不染。每每做着这些事情的时候，我就想到了自己的父母，想起他们在家里忙碌的模样，想起他们曾经为了我不遗余力地付出。

先生总是说，每次回到父母家中我就会变成另一番模样。其实我多想告诉他，在那一刻的我才是真实的我，在那一刻我才会那么放松，完全没有压力。可是每次话到嘴边又吞回去了，因为我知道在他的心中我始终是一个妻子的角色，也许我所说的一切他也没办法去理解，而我能做的就是努力做好这个妻子的角色，这也是对他的一种尊重和爱。

曾经多少次梦想过要永远留在父母的身边，留在那片被溺爱的时光里。但是我知道父母对我是有期望的，永远呆在他们身边我没法更好地成长，没法学会独立去面对这个社会中我可能会遇到的一切，也没法去承担我这一生需要担负的责任。

我一直是个不善言语的人，很多时候我都没法准确去表达内心的爱。我也不知道如何去报答父母的爱，只是默默记住他们说过的每一个愿望，然后尽自己的能力去帮他们一一实现。当然我现在的能力是那么有限，所以我能做的就是记得他们想要的每一件东西，在我能力范围内买给他们，然后等着收获他们的笑容，我也会觉得相当满足。我不是一个对金钱吝啬的人，虽然我现在也没有多少钱，但是我愿意把我所有的钱给我最爱的人，不计代价。

如今我已经长大，我有了自己的家庭，也有了自己的孩子，我更加能体会为人父母的不易和艰辛。有时候回到家中看到爸妈已经老花的双眼，看着他们眼角泛起的皱纹，看着他们头上出现的银丝，看着爸妈为我忙碌的背影，我心中充满了无限感慨。有时候我在想如果我的长大意味着父母就要老去，意味着父母将要失去他们最美好的青春年华，那我真的宁愿不要长大。

这个世界上每一对父母都用他们无私的爱对待着自己的孩子，他们不计较付出，也不求任何回报，只为我们能够健康、快乐地在这个社会上生存而努力，他们因为我们没有了自己的生活，他们因为我们而失去了属于自己的自由时间，他们因为我们而承受了我们无法理解的痛苦，我们还有什么理由不去爱自己的父母。他们其实什么也不需要，只是期盼着有一天我们能真的懂他们，也许一个简单的电话、一句简短的问候就可以让他们无比宽慰。

愿我们都能像爱护生命般那样去爱我们的父母。

做一个淡淡的女子

不知从什么时候起开始喜欢一整天，一个人，一片安静的角落，一本书，一杯咖啡，一首打动内心的歌，就这样任自己的思绪随着书中的内容进入一个未知的世界。

一直在思考自己究竟想要什么样的人生，想做什么样的女子。曾经多少次梦想过光芒万丈，万众瞩目。多少次希望能有个舞台只为我喝彩，多少次盼望能有无数个声音只为我呐喊，多少次期望自己能在这个大千世界印上深刻的烙印。

一直那么争强好胜，想要通过获取一切来证明自己的实力；一直那么斤斤计较，认为自己的要求别人都要满足；一直那么愤世嫉俗，对那些排斥自己的人耿耿于怀。

慢慢地明白，其实自己真正想做的是一个淡淡的女子。

淡淡的生活，淡淡的快乐，淡淡的忧伤。放慢脚步，用眼睛和心灵重新认识这个世界。不想再和这个社会去争，去抢，不想再让自己在黑暗中无方向奔跑，不想再去恨那些人、那些事。只是淡淡的，用平和的心态去处理这所有的一切。

做一个淡淡的女子，首先需要做的是学会放下。何必计较得失，何必计较输赢。就这样淡淡地接受一切，只要心中无愧，何必让自己那么歇斯底里。

做一个淡淡的女子，还需要做的是学会感恩。我们来到世界都是上天的恩赐，生命既然如此珍贵，我们何必还要去埋怨，何必还要有仇恨，何必让自己那么疲惫不堪。放宽心灵，感恩我们所拥有的。

做一个淡淡的女子，还需要做的是学会微笑。我们不开怀大笑，我们只是淡淡地微笑，何必愁容满面，何必摒弃快乐。每天给自己一个微笑，也给他人一片阳光。

岁月如梭，时光荏苒，我们的生命过一天就少一天，今天的你一定不知道未来的你会是何番景象，太过心急，太过在意也许都不是我们最好的选择。

我只愿做一个淡淡的女子，如清风拂面，如小溪流水，就在这个世界上淡淡地生活，淡淡地存在着。

当你还在抱怨这个社会对你的不公时，请先打开心门，看看你的心是否还如初生时那样干净、透明。

少一点抱怨，少一点哀伤，少一点纷争，就这么淡淡地活着，其实真的很好。

风依旧吹着发丝在舞动，鸟儿依旧在空中迎风高歌，只是心境不一样了，这一切竟也形成了一幅绝美的画卷。

让心静下来

这么多年来，一直养成了做瑜伽的习惯，不只是因为瑜伽可以保持身形，带来健康，更重要的是瑜伽可以让心真的静下来。当你闭上双眼感受着身体的每一个关节，感受着你的每一次呼吸，感受着身体的每一次舒展，在那一刻你发现自己可以完全静下心来，你发现自己仿佛早已脱离这一片尘土，你发现你的身体已经轻盈到腾空跃起，那一刻静得你可以清晰地听见你心脏的每一次跳动。有的时候你甚至还能听见海浪的声音，听见海鸥的歌唱，你不仅让自己的身体彻底放松，也让自己的心灵彻底释放开来，大口地呼吸着新鲜的空气。在这一刻，你似乎听见你内心的呐喊，你看得见它的快乐，也感受到它的悲伤。这一刻，你们相视一笑，你的心告诉你它多么享受这一刻的静谧，你也对着你的心大声歌唱，你告诉它此刻的你亦是如痴沉醉。

很多人这一生做了很多事，从未让心静下来，听听心的呼喊，而是用自己的意志带动着心前行，等到心力交瘁，再也没有力气的时候才幡然领悟，原来自己一直在奔跑，原来自己早已被遮挡在眼前的一切迷幻了视听，听不见内心的声音，早已忘记了心也要休息，也需要静下来，也需要和我们谈谈话。现在的人们节奏太快了，快到自己也觉得疲惫不堪，快到甚至来不及做任何思考，快到甚至都快忘记了我们还有心这个朋友。现在的人们压力太大了，大到压得自己喘不过气，大到不再顾及心的感受，只为了达到目的，不曾让心做任何停留，只是拉着它快速前行。

当你真的能够懂得在适当的时刻将自己的心完全静下来，你一定可以听到内心的声音。太嘈杂的世界、太浮躁的现实总是掩盖了内心的呼唤，你会陷入迷茫，你甚至一度误入歧途，可是如果你能让自己在这一刻闭上双眼，静静地听着心发出的音调，你一定会发现，原来很多时候你的心好累好累，它多想有那么一刻的停留；你也会发现，你的心在流泪，它不希望你做那些违背你们曾经约定的事情，它多么希望你还是如当初那般纯净；你还会发现，你的心在诉说，诉说着你所在意的人，你真实的情感，它多么希望你能够永远心中充满爱。

也许你要说，你太忙，你太累，你被现实的牢笼禁锢得疲惫不堪，你没空去理会和倾听你的内心，但是你有否想过，没有心的你还能称为一个完整的人吗？心实际代表了你的生命啊，如果你对生命都如此不在意，那你得到了一切又有什么用呢？

当心静下来的时候，你不仅会发现你没有在浪费你的时间，你还会惊喜地发现你在那一瞬间想明白了很多事情，你会感受到你平常在忙碌的状态中感受不到的一切，你会发现你看到了你最初的模样：那个单纯、快乐无忧的少年，那个美丽、天真烂漫的姑娘。你更能体会到你整个人的眉头舒展了，你整个人的身体轻盈了，你悲伤的行囊也没有那么重了，你眼前的一切更加清晰了，你头顶的天空更加蔚蓝了。它们都在向你诉说，它们都在向你招手，这个世界上的万物此刻正在用他们最美的姿态欢迎着你，陪伴着你。

在这个物欲横飞、浮躁浮夸的社会，如果我们能给我们的内心一片宁静的天空，也许我们会更加热爱生命，也许我们会更享受我们拥有的一切，也许我们就能学会感恩，也许我们就会真的快乐。

请闭上眼，静静聆听你内心的声音，这一刻，感知它的情绪，因为那才是真实的你啊！

谢谢你曾经伤害我

每个人在成长的过程中都或多或少地被伤害过:幼儿园的时候我们被别的小朋友欺负过;上学的时候我们由于成绩不好可能遭到过老师的白眼;工作中我们也许遭遇过同事的陷害,领导的呵斥;感情上我们经历过对方的背叛。

那个时候,我们恨透了这些伤害我们的人,我们视他们为眼中钉、肉中刺,我们期盼着有一天我们也要让他们尝尝苦楚的滋味,我们暗地里给他们下了无数个诅咒,以抚平我们内心极大的悲伤。

我们不断地努力,我们让自己变得更强。我们咬牙跺脚迎接一切困难的挑战,只为了让那些伤害过我们的人后悔,只为了有一天我们扬眉吐气后可以在他们面前尽情地炫耀,只为有一天让他们为以前的行为付出代价,只为了向他们证明当时那样对自己是多么不自量力的行为。

当有一天我们真的在自己的领域取得了非凡的成绩,我们在欣喜的同时当然也没有忘记那些曾经伤害过我们的人,我们庆幸今天终于可以站在比他们高很多的位置,呼吸着比他们更新鲜的空气,向他们展示着我们耀眼的人生。然而当那一天、那一刻终于到来的时候,我们却连一点想炫耀的心思、一点想报复的心态都没了。

谢谢你曾经伤害我,让我变得更加坚强。我努力,我奋发,我让自己变得更加优秀,去抵抗一切压力。没有你的伤害,我不会在困难险阻面前表现得如此镇定,如此坚强,是你无形之中给了我强大的力量,让我无所畏惧，勇敢激进。

谢谢你曾经伤害我，让我变得更加自信。我原以为我是那么不堪一击，我原以为我是多么不如别人，我原以为我是那么渺小，渺小到我已看不清自己，我原以为我这一生只能淹没在这广袤的人群中，无所作为，但是正是因为你的伤害，让我用尽全力去让自己变得更加强大，我声嘶力竭般去和命运抗争，我告诉自己不要害怕。终于当越来越多掌声到来时，我发现自己已变得愈发自信。

谢谢你曾经伤害我，让我变得更加成熟。我逐渐明白了人生唯有在逆境和苦痛中才能反弹得更高，我逐渐领悟了原来你对我的那些伤害反而成为了我成长的催化剂，让我变得愈发成熟，越发淡然。然后我便发现我已不再恨你，这一刻我多么想握住你的手告诉你，我是多么感谢你曾经那样对待我。

我们从心底感谢那些发自内心对我们好的人，我们的父母、我们的爱人、我们的子女。你们都是在用自己最真挚的心给我们带来爱的光芒。但同时我们也要努力感激那些伤害我们的人，他们就像一场大雨将我们淋湿，却让我们变得清醒；他们就像黑夜里的恶魔将我们侵袭，却让我们学会了战斗；他们就像追逐我们的坏人，却让我们学会了如何更加快速地奔跑。

我学会了感激，感谢你们对我的好，也感谢你们对我的伤。我内心中间的那粒树种就在你们制造的这种环境中被灌溉，慢慢发芽壮大。是你们教会我成长，让我更加清晰地看见了前进的方向。

没有终点的列车

不只一次地坐在列车上迸发出一个想法:如果这是一个没有终点的列车该有多好,如果自己就这样一直坐着,列车一直前行该有多好。也不只一次地遭到过友人的嘲笑,说我简直就是异想天开,如果没有终点,列车司机也不会愿意,必定累死在途中。虽然只是一句玩笑,却让我陷入了深思。

在这个列车上的每一个人,在上车前心中早已定好了自己的终点,所以列车会有不同的站点。每个人都不会错过他们的站点,因为他们早已有了目标,他们不会早下,也不会晚下,一定是列车停在他们要去的站点他们才会背起行囊走下车,去到他们想去的地方。

这和生活中的我们有着异曲同工之处,我们给自己的人生设立了一个个目标,我们乘坐着社会这一辆列车,背负着名叫压力的行囊换来乘车的钱币,想走得远我们就要背负更重的行囊来赚取更多的钱,否则我们就将提前下车。有些人承担不起厚重的行囊,早已在他们设定的站点下车,然后开始他们贫穷的生活。有些人则想一直走去更远的地方,他们不断加重自己的行囊,为的是换取更多的金钱来支付高昂的车费。因为越往后面费用越高,越往后面意味着能到达的人数就越有限,他们甚至开始争夺对方的行囊,他们想尽一切办法让对方提早下车:偷走对方的行囊,甚至一度采取暴力把对方推下车或者用计谋将对方逼下车。背着那分厚重的行囊,也许还没等到换成车费,自己就已经被压得透不过气来,再也到不了他们要去的终点,连最基本的生活都过不上了。如果他们有幸承受住了这一分压力,换足了金钱,去到了他们想去的终点,下车时候回身一看,原来自己只是孤身一人,突然心里感到很空,突然不知道自己下车后该往哪个方向走。

是从什么时候起,我们开始让自己变得这么累;是从什么时候起我们给自己设立了一个又一个目标;是从什么时候起,我们变得不再有人情味;是从什么时候起,我们将自己的快乐建立在别人的痛苦之上;是从什么时候起,我们为了达到自己的目的不择手段;是从什么时候起,我们已经丧失了做人最基本的原则。一切的一切都起源于我们给自己设立的那一个个目标,一切的一切都因为我们心中早已定好的那一个个站点。

真的很想坐上这样一列列车:没有任何行囊,一个人,就这样来一次远行;不用计算着还有多长时间到达,就这样一直坐下去;也不用担心会到达什么样的目的地,就这样任思绪在这辆没有终点的列车上飘走,欣赏沿路的风光;就这样静静地当是做场梦的快乐,不要有终点,不要有站点,就随着列车的轰鸣声和窗外的美景度过一段难以忘怀的时光。也许发现一觉醒来,这真的只是梦一场,但谁不会做梦呢?谁又没有点做梦的自由呢?

我好向往一场没有终点的旅行,我好想坐上那辆不用考虑终点的列车。

写给上海:越夜越美丽

喜欢上海不是只爱上它的繁华,而是着迷于它非凡的魅力。白天的时候它还是一副冰冷傲人的姿态,但是当夜幕降临、霓虹灯亮起的那一刻,这个城市,犹如脱胎换骨般变了一副模样,它狂放、性感、诱人、魅惑。和白天的上海比起来,我更偏爱夜间的上海。

漫步在黄埔江边,看着一艘艘美丽的邮轮在江面上轮番展现,看着一座座冰冷的大厦在夜灯的装饰下显示出本身独有的味道,每一栋楼都在这一刻为自己披上了华丽的盛装,就像出席晚宴般争相出彩,博人眼球。这个时候的你似乎也置身于这场华丽的盛宴中,兴奋不已。我想,上海吸引大部分人的原因也是在于此吧。

白天你几乎见不到的帅哥美女似乎在这一刻都苏醒过来,出现在上海的每一条大街小巷,着实为这个城市增添了一道亮丽的风景。年轻人最爱去的当然就是酒吧。上海有很多酒吧,其中以新天地一带最为出名。这里从来都是在夜间醒来,在白天睡去。这里承载着许多人的快乐,也伴随着很多人的忧伤。你可以看到无比疯狂的舞者,你也可以看到沉默不已、只是安静坐在那里喝酒的人们。但大多数的人都是无比狂热的状态,因为这里和我们生存的白天是完全相反的两个世界。

如果你有心,你会发现,你以为平常你所了解的那些人,在此刻呈现出来的状态可能是你之前未曾预料到的。平时沉默不已的人突然变得侃侃而谈,平时表情严肃的人也会肆意大笑,平时开朗健谈的人突然变得沉默寡言、泪流满面。

突然有那么一瞬间就会觉得这个城市夜间的美丽在闪耀的同时也清晰地折射出大部分人的悲伤:白天的痛苦、压力、悲伤、愤怒、仇恨,被阳光直直地照射进了我们的心里,直到黑夜来临,我们才把这一切都呈现出来,直到这时,我们才可以轻松无忧地展现我们真实的自我。只有将自己置身于这样一个连脸上的一颗痘痘别人都很难发觉的环境我们才敢大胆抬起我们的头,忘我地去尽情摇摆我们的身躯,忘却白日里不敢释放的忧伤。也许白天在路上碰到我们甚至连看都不会看对方一眼,但在这里,这样的夜晚,我们可能已经亲昵地互咬耳朵,说着悄悄话。也许平日里在众人面前如玫瑰般艳丽绽放的生命在这一刻变为一枝枯萎的,甚至连一片叶子都不留的残花,惹人怜爱。但,这一切不也就是我们的人生吗?有快乐就必然伴随着悲伤,有幸福就必然伴随着苦楚。

这个城市的夜就像是一个谜,你永远都猜不透的一个谜,它给了我们一片栖息的梦幻王国,我们纵情地笑,悲伤地哭,不用再去伪装,不用再去逞强。这一刻,再也不会有人去数落我们的不是;这一刻,再也不会有人去撕破我们的伤口;这一刻,再也不会有人去强迫我们假装坚强;这一刻,我们真的可以只做自己,那个最真实的自己。

越夜越美丽。我爱这样的夜色,我爱这样的上海。

幸福是什么

幸福是什么？这个问题也许很多人都在心中悄悄地问过自己，每个人也许也都有着自己的答案，每个人也一定会根据这个标准来判断自己是否拥有幸福。

对于孩子而言，幸福就是有疼爱自己的父母，有一群陪伴自己玩耍的小伙伴，有夸奖自己的老师，有自己心爱的玩具，有自己爱吃的零食，然后他们就可以无忧无虑、快乐单纯地活着。

对于成年人来说，幸福就是有着一份体面的工作，有着一处温暖的住处，有着一个爱自己的人陪伴左右，有着一个健康的身体，有着一股支撑自己前行的力量。

对于老年人来说，幸福就是看着自己所有的子孙后代平安快乐，看着自己家里和睦安详，然后安安静静地过完这余生的时光，看着彼此花白的头发，不悔此生。

我眼中的幸福曾经被渲染出五彩斑斓的色彩，我理想中的幸福就是能够在此生拥有一个爱到生死相依的爱人，能够打造出一个被掌声包围的自己，能够呼唤出一个在人群中脱颖而出的生命。于是所做的一切努力都是围绕着这个目标，总觉得自己可以创造出一个奇迹，总觉得自己能拥有一分生死爱恋。可是到今天，当我真正走到自己人生的第 30 个年头，我突然发现我之前所设想的那种幸福变得越来越模糊，仿佛和这个世界变得格格不入起来，我突然发现幸福是不用设想的，我突然发现幸福它早已悄然出现在我的身边，曾经我以为的那些简单平凡的生活却恰好成为了我现在手中紧握着的幸福。

原本在我眼里的幸福就像绚丽的烟火，美丽而令人神往，可如今看来这样的美丽却始终逃脱不了转瞬即逝的命运，而真正能够陪在我身边，持久的、温和的、微弱的、普通的生命却组成了真真切切的生活，也成为我最大的幸福。越来越觉得幸福不需要刻意，你越是要去抓住的和留下的东西也许终有一天还是会离你而去，你越是要证明的一切也许在别人眼里什么都不是。为了曾经设想的这一切把自己弄得伤痕累累、遍体鳞伤才发现幸福原来一直就在那里，自己一直都这样安静地拥有着却从未真正感受过。

到今天才发现幸福原来一直都是这么简单，是自己把它设想得太复杂了。有的时候脑袋里什么都不想，就安静地坐在那里，沐浴在阳光下，看着大自然把这个世界塑造出来的模样，看着过往的人群，突然就会觉得其实活着就是一种幸福，能够拥有生命就是上仓的莫大恩赐。看着自己完整的五官，感受自己心脏的每一次跳动，闭上眼睛就这样静静地感受这最原始的幸福。

越来越觉得一个稳定的职业，一个陪伴在身边的人，一段真实的生活才是真正的幸福。当真正体会到幸福原来就是这样简单以后，便会发现自己对自己的每一次获得都无比感激，对自己的每一分付出都觉得无比宽慰，甚至很多时候在面对沾满油渍的碗筷时都能听到他们撞击在一起发出的悦耳的声音。

生活终究会趋于平淡，那些梦想中轰轰烈烈的幸福，那些曾经心中歇斯底里的呐喊，都将随着时间的流逝一一淡去，褪回至它最初的模样，回到最纯粹的幸福，露出生活的本质，而这所有的一切才是你真正应该珍惜和感叹的幸福。

幸福是什么？我想，此刻我对它的定义只有 8 个字：简单，平静，长久，真实。

CHAPTER 2 我们生活的这个时代

有人说，80 后是幸运的，因为我们生在一个科技发达、信息全面的时代；也有人说，80 后是不幸的，因为我们生在一个物欲横飞、压力巨大的时代。可是，这一切都不是我们应该去考虑的。静观四周，我们有没有那么一次真正用心地去看看你身边的人，用灵魂去感受你身边的世界?

穿旗袍的女人

曾经认识一个女人，优雅迷人，而且有着每个女人梦想中的衣橱，每个女人渴望的衣帽间。我去看过她的衣帽间，彻彻底底被惊呆了，艳羡不已。我可以想象着她每天是多么愉悦地在这里度过一天中最美好的时光，在那里，我感觉自己就像置身一片满是精灵的王国，时刻能给我带来振奋人心的惊喜。在这个绝美的王国中最最让我惊艳的是单独摆在一个格子里的旗袍，一年四季的款式，有薄的，有厚的，有长的，有短的，有丝绸的，有锦缎的，有棉布的，每件上面形态不一的刺绣就像一幅幅鲜活的生命展现在眼前，那样耀眼，那样光彩夺目！

现在这个年代已经很少看到人穿旗袍了，因为有成千上万的服装、琳琅满目的选择摆在了我们面前，我们已经不会再单一于对旗袍的热衷了。各色各异的美女穿着缤纷多姿的衣服，展现着他们迷人的风采，然而我总认为穿旗袍的女人各自散发着不一样的韵味。

穿旗袍的女人是自信的。旗袍的美不是每个女人都可以驾驭的，貌美如仙的女子不一定都可以驾驭旗袍的气场，它需要一个女人举手投足间的高贵、优雅、从容、温柔中带着几分矜持，将自己如出水芙蓉般冲破这城市的尘埃，孤傲地屹立在那里，形成一道亮丽的风景。

穿旗袍的女人是善良的。都说女人是水做的，唯有心如止水，带着一分与生俱来的纯洁和善良，才能将旗袍穿得如水般灵动柔美。她们与世无争，有着最纯洁善良的心灵。

穿旗袍的女人是聪慧的。她们沉着冷静地面对这世界的一切纷争,淡然处置一切矛盾。她们是那样从容,那样淡定,无论经历过多少场硝烟弥漫的战争,眼睛里却永远可以保有那一分清澈和纯净。

穿旗袍的女人是迷人的。她们总能呈现出与这个世界不一样的格调,她们总能够将她们优雅的仪态和良好的修养贯穿在她们的举手投足间,融入到她们的一颦一笑里。她们脱俗但不免俗,华丽而不张扬。仿佛将自己置身世外桃源般,享受着一花一木,感受着溪水的哀愁。

每个女人在有生之年都应该去定制一件属于自己的旗袍,感受自己的身体被旗袍勾勒出来的曲线,仔细感悟旗袍带给我们的精神内涵。它教会我们如何在一片尘埃中寻找净土,如何在广袤沙漠中寻找绿洲,如何在乱世纷争中寻找太平。它教会我们如何去做一个精品女人,它告知我们要用一颗宽容大度的心去和这个世界对话,它引导我们要用感恩的心去拥抱自然。它告知我们,每一个女人都应该用她们勤劳的双手和纯净的心灵为自己打造生命中最完美的灵魂。

脑海里浮过电影里看到过的那一幅绝美画面:一排穿着旗袍的女人,她们婉婉走来,唱着动人的歌曲,是那样纯净,是那样迷人,是那样让人感动,深深地映入了我的心间!

女人与花

女人,从降临到这个世上的那一刻,就注定了和花密不可分,女人爱花更是一种天性,是上帝将我们带入人间赋予我们一种与生俱来的能力,我们能够对每一种花心生怜爱之情,恨不得都把它们收入囊中,独自欣赏。很多形容女人的词语也多半和花有关:如花似玉,花枝招展,百花争艳,闭月羞花,形容一个女人像花一样是对一个女人最大的礼赞。

每个女人一定都收到过别人送的花,可能是热情似火的玫瑰,可能是高贵大气的百合,可能是温暖清新的康乃馨,不管是哪种花,女人在面对这样的花的时候心中一定也和眼前的花一样绽放开来,心里更是满满的幸福,嘴角洋溢起来,伴随着花的香气,露出迷人的微笑。拥有花儿陪伴的女人都是美丽的,因为花儿就像是女人的一件完美装饰品,它能让原来暗淡无光的脸庞一下映衬出红润的光彩。

女人把花当成生活的一部分,他们用自己的审美将不同的花儿独具匠心地放在自己生活中不同的地方,让每一朵花都能尽情显示出它们傲人的姿态,自己的心情也能在这样的装饰中变得明朗起来。女人精心呵护每一朵花,因为她们相信花儿一样是有情感的,花儿也需要女人用自己温暖的心去保护,因为花儿也会有开心和落寞的时候,正如女人一样,女人于是像呵护自己那般去对待她心爱的花,仿佛自己的心能随着花儿的绽放而愉悦,随着花儿的衰败而伤悲。女人将自己的情感寄托在每一朵花上。

也许和花儿接触得多了,于是女人发现原来不同的花有着不同的语言，原来每一种花都可以有着自己的个性，于是女人给这些个性起名为“花语”，便有了我们知道的玫瑰花的花语是爱情，百合花的花语是纯洁，康乃馨的花语是爱与关怀。最早我们通过花语去理解着每一种花的语言，我们通过每一朵花的语言去和我们心爱的人诉说我们的情谊。渐渐地，当我们和花相处的时间长了，我们更加惊喜地发现，原来花的数量也诉说着不同的意义。从此，我们知道了 11 朵代表一心一意，99 朵代表天长地久，我们发现我们越来越能理解和领会每一朵花的语言，我们仔细聆听着他们的声音，感受着每一朵花的快乐和哀伤。

然而接触得越久我们会越来越感叹花的寿命之短，无论我们多么精心呵护，花儿总是在我们还没来得及欣赏完毕时就已经衰败了，我们看着一片片掉落的花瓣，陷入了无限的哀思，我们多么害怕自己也同这花的命运一般，绽放得如此短暂就走向灭亡。我们想尽了一切办法去守住花的美丽，于是我们用自己聪慧的大脑实现了这一切，所以你会看见现在的真花可以放在美丽的盒子里保鲜很长时间，再也不如以前般只有很短的花期。我们通过自己的努力守住了这一分美丽，我们也守住了自己。

女人这一生，用尽各种方法去守住自己美丽的容颜，在面对花的那一刻，我们明白了，原来美丽可以一直绽放，只要我们有着一颗永远不变的心，只要我们不停给这颗心浇灌，这颗心就一直可以开出繁茂的花朵，在结出果实的那一刹那守住永恒。

于是，你会发现，那些生活中爱花的女人，一定也是热爱生活的，一定也是用她灿烂的笑容迎接每一天的世事变迁，一定是在用她不变的心态向你展示着那一分永不消逝的美丽。

女人，这一生，注定和花是一体的，因为女人本身就是一朵艳丽无比的花。

大　女　人

有那么一群女人，她们独立、自信、坚强，她们不依靠男人，她们甚至赚着比男人还多的钱，她们创造着比男人还多的价值，她们从不小鸟依人，她们聪明伶俐，她们看清社会的一切，她们和你谈话时一针见血戳中你的要害，她们靠自己骄傲地生活在这个城市，她们有着远大的理想，她们不识柴米油盐，她们举止优雅，她们气质非凡，她们在向全世界昭告女人靠自己一样可以很精彩，她们是大女人。她们昂首阔步走在人群中总是能赚取很高回头率，她们讲着流利的英文，高调地出入高档餐厅，她们将自己的人生绚烂地展现在世人面前。

大女人是智慧的。她们看各种书籍，她们不断给自己充电，她们不断地提升自己，她们丰富自己的业余生活，她们参加各种社交活动，她们接触很多人、很多优秀的人，她们模仿着她们的举止，她们汲取着她们的精华，她们分析人性，她们从一次次失败中吸取教训，她们用敏锐的嗅觉感知着这个世界，她们能识别一切谎言。

大女人是坚强的。你很少看到大女人落泪，你很少看到大女人放弃。你甚至怀疑她们是不是铁打的，你甚至怀疑她们是不是已经没有情感。即使被一盆冷水从头泼下来，她们依然能保持那一分优雅自信，即使被击打得粉身碎骨，她们依然能将一片片碎片拾起来拼装成原先的模样。在大女人这里，从来没有“不可能”这三个字，在大女人这里只有你不想做的，没有你做不到的。在大女人这里你永远可以看到无穷无尽的潜力。

大女人是美丽的。大女人精心打扮着自己，她们把自己装扮成一本精致的书籍，在万千书籍中你一眼就可以看到它，然而你只可以去翻阅却没法真正拥有，你只能从开头读起，却没法一下就翻到结尾，因为她们在这本美丽的书上下了魔咒，你唯有一页页地读取，才能有看到最后一页的机会。

大女人是孤独的。大女人发现当自己变得越来越强，当自己越来越看清这个世界，当自己越来越拉远自己与世人的距离后，自己置身一片美丽宽阔的森林，四周却空无一人。大女人发现这个时候天空突然下起了雪，落在身上的雪花化成自己的泪水，淹没在这片孤寂的森林。

大女人竭尽一切去编织自己那一副美丽的面具，展现给世人那副美好的面容，然而当夜幕来临，大女人摘下那戴了一天的面具，露出自己本来的面孔时，大女人发现原来自己归根到底还是一个女人，原来自己内心还是会寂寞，原来自己也想有个肩膀可以依靠，原来自己一个人的时候也会怕黑，黑夜真的可以将人完全吞噬，原来自己不是不想要，而是自己一直没有遇到，原来隐藏在这张面具后面的脸才是真实的自己，原来自己真正想做的不过是一个再普通不过的女人，原来这一刻的自己是那样放松，原来这一刻的自己是那样真实，原来这一刻的自己才能够真真切切地感觉到自己的心跳是那样清晰。

大女人们，如果你们累了，何不停下来，让自己稍作停留，静静地听着自己的内心，让自己简简单单做回小女人，想哭就哭，想笑就笑，不会有任何人嘲笑你，不会有任何人给你压力，脱下你冰冷的职业装，换上缤纷多彩的连衣裙，在这一刻绕着这片天空翩翩起舞，重新审视一下这片天空，也许你会有意外的发现。

女人，是该被疼惜的

小时候，常听母亲说，当时生下我的时候，她哭得很伤心，不是因为重男轻女的传统思想，而是母亲觉得我以后的人生，以一个女人存在的一生，又要注定经历很多苦楚，作为一个女人的各种苦。以前，并不明白母亲的话，我总觉得作为一个女人怎么也比男人有着很多的优势，我总以为以一个女人的形态存在是很美丽的，一个女人的一生也该是灿烂和耀眼的。

可如今，真正经历了结婚生子、柴米油盐的过程才知道女人这一生就是不断操劳、失去自我的一生。身边很多朋友也已结婚生子，那些我原先认识的美女，那些原先曼妙的身姿都在生完孩子后发生了巨大的改变。她们不再注重容颜，每天素面朝天，不再追求名牌，不再讲究穿着，嘴边挂着的和脑海里想着的都是自己孩子的一切，自己丈夫的衣食起居。看着他们之前细嫩的双手在长久的洗泡下变得异常粗糙，心里有那么一瞬间真的很痛，真的觉得女人，无论之前多么闪耀辉煌，当她承担起一个妻子、一个母亲的责任时她就会完全丧失自我，没有了自己的人生，就这样以社会所赋予她应尽的职责耗尽了她的一生，褪去了她美丽的容颜，取而代之的是一个再普通不过的家庭主妇形象。

有一句广告说得好：女人，一天的公主，十个月的皇后，一生的操劳，简单而准确了描述了一个女人的一生。我们因为爱情而步入婚姻，我们也因为婚姻而改变着自己。很多男人也能够清晰地感觉到自己的妻子在结婚后的改变，但是他们找不到这些改变的本质。他们总抱怨女人变得不再如之前那般美丽妖娆，变得不再那么吸引自己，他们反感女人在家不停地唠叨，他们甚至一度怀疑起自己当初的选择是否正确。其实，女人，真的很可悲，没有一个女人不想做一辈子的公主，没有一个女人不期待梦幻中的王国，但是女人也更加清晰地明白什么叫现实，她们无私地付出着，不论在外面她的事业有多风光，回到家中，她们依然很清楚地知道什么叫做妻子、什么叫做母亲，她们不再嫌弃油腻的碗筷，不再埋怨洗衣的痛苦，不再抱怨生活的不公，她们只是做着那一切看起来很琐碎，却干不到尽头的家务，而为自己活着的时间少得可怜。在很多时候，女人最大的快乐便是看到自己丈夫和孩子愉悦的容颜。

也许你要说，现在这个社会男女平等，不需要女人再去如此操劳，男人也要分担很多职责。但是我却始终认为，一个女人，如果她结婚后、做母亲后还是把所有这一切她应尽的义务和职责全部都交由男人来承担，那么她并不是一个真正的女人，又或者说她并没有如她自己所想那般的爱着这个属于她自己的家庭，她只是自私地寻求被爱的感觉，寻求一种内心的满足，但她永远无法体会什么叫真正的女人。

父亲总是教导我和先生，结婚之后一定要记住一条原则：男人该做男人的事情，女人该做女人的事情。至于具体是什么事情父亲没有一一列举，但我想现在我能理解他，因为只有真正感悟过你才能明白说话者有着怎样的期望。我看着父母的婚姻，看着他们的人生，看着他们共同以父亲和母亲的角色支撑着这个家庭，看着他们日渐老去的容颜，多少次我都从心底感谢我能有这样的父母，他们用最朴实不过的举止影响着我的一生。

在我看来，女人，是该被用来疼惜的。也许如今她已没有原来那般美丽，也许在你眼里再也无法找到当年那种感觉，也许此时的她在你眼里和外面那些花枝招展的女人没法相比，但是你并不知道她的这些改变之中饱含了多少辛酸的泪水，而这一切她是不会告诉你的，当一个女人开始学会接受这一切改变时，她已经学会了容忍，她已经逐渐成熟，不再是当时那个只知道依偎在你怀里寻求爱情的小姑娘了，她可能不再像当年那样和你撒娇，和你情意绵绵，但是如今她学会了如何在一个家庭中承担起重要的职责。这一切，难道还不值得你感动吗？还不值得你用一生的时光去对她好，为她付出你所有的一切吗？

我已经逐渐深刻地领悟到母亲的良苦用心，更加能感受到她当初为什么会流泪。我能明白一个女人的苦楚，但是我还是甘愿做一个女人，因为此刻的我觉得自己异常幸福。我有着自己的梦想，我也承担起我该有的职责，我有一个爱我的先生，也有一个可爱至极的宝宝，无论我做多少改变，我知道，我只是在学着如何去做一个真正的女人。

希望所有的男人在面对妻子的改变时依然一如既往地爱她，更希望所有的女人也能更多地想想自己的梦想，因为爱自己的人才能让别人更加爱你。女人，天生就应该是被疼惜的，如果你身边的那个男人做不到，只能证明他并未真正地爱着你。

农　民　工

无论你在上海生活了多久，你几乎每天、每时、每刻，都可以看到某处、某地、某景被蒙上梦幻的面纱，就等着某一天向你展现她全新的娇容，有的时候可能你甚至还没来得及感叹眼前这一片高楼，却发现另一片奇迹已经如魔咒般崛地而起。而这一切也为这个城市召唤来了一大批"军团"——农民工，他们正如特种兵般浩浩荡荡地踏入这座从未为繁华停止过脚步的城市。他们从四面八方，像听号施令般涌入这个城市的每一个角落。

然而，人们对这个群体往往是嗤之以鼻的。他们被认为是社会上的下等人，穿着廉价的衣服，住着破旧的房间，吃着几元钱的便宜盒饭，抽着几块钱一包的低廉烟草，露出一嘴黄牙，两手的指甲间布满黑色的垢渍。虽然现在媒体在竭尽全力去把这些人评为用双手盖出了我们的世界的伟大的人，虽然公众呼吁我们该用尊敬的眼光去对待这一个群体，然而纵观身边，世人依然对他们这些人流露出冷漠的态度，不曾改变。

有一天，地铁车厢在即将关上的那一刻挤上来两个民工，他们提着大大小小的麻袋包，像是刚来上海，形象举止都和这个的繁华都市的格调显得那么不协调。周围人下意识地躲开了这两个人，甚至给了很不屑的白眼。我恰好也在他们周围，也就听到了这段让我为之一颤的对话："大哥，原来这就是地铁啊，上海真好，比俺们老家方便，看这个多快，哈哈，我回去要打电话给俺媳妇，她没来过上海，俺要多拍点照片给她，俺要多赚钱。大哥，你说咱们这次来上海帮人家盖房子，应该可以挣到很多钱吧?”那位大哥看了他一眼，给他使了个眼色，他便不再说话了，就这么默默地在车厢中，眼睛东转西转地看着车厢里的人群。而车厢里面无表情的人们回以他们的往往是不屑和厌恶，生怕自己和他们靠得很近。

曾经我也是戴着有色眼镜去看待这个群体，在路上遇见时我也是尽量绕道而行。然而这次地铁里的境遇让我突然对他们肃然起敬。没有浮夸的梦想，没有过多的要求，没有妄自菲薄，只是在尽着自己的一分力给自己以及自己的家人带去更好的生活。也许心中知道不被世人尊重和喜欢，却依然凭着自己一分力用双手去创造美丽的大千世界，然后等一个美丽的家园建成之后，还没来得及欣赏眼前的美景，却又奔赴下一片天地去创造另一个传奇。一个人在这陌生的城市孤寂地活着，但是只要心中想到媳妇的慰藉、孩子的笑容、父母的期待、乡亲的羡慕却依然快乐前行。

没有一个人喜欢又脏又累的工作，没有一个人不想体面地生活，没有一个人不想拥有世人的尊重，没有一个人甘愿生活在灰暗的角落。

曾经想过一个问题:如果这个世界大家都接受一样的教育，过着一样的生活，做着一样体面的工作，再没有人去做又脏又累又被人看不起的生活，没有修下水道的，没有盖房子的，没有捡垃圾的，没有挖煤的，没有钻井的，没有装修的，没有扫马路的，那这个世界将变成怎样？想到开头就发现已无法想象，想到开头就已经不敢再去往下想。

农民工，代表了一类社会群体，他们简单而沉闷地居住在不起眼的角落，起得比鸡早，睡得比狗晚，吃得比猪差，干得比驴多。然而就是这样一群人，他们用自己最单纯的思想，最真实的苦干，无怨无悔，去为这个世界的发展添砖加瓦。

这一刻，马路边，我看到两个农民工抽着烟，坐在地上，看着过往的人群，眼里若有所思着，也许他们在思念故乡，也许他们在筹划未来，也许他们在排解孤独，也许他们什么都没有想，只是这么静静地活着。

也许，我们真该对他们好点，从现在起，从行动上，我们应该把他们当成和我们一样。我们还应该给予他们怜悯之心，我们该感激上苍赋予我们的一切，我们该感谢他们的存在。

乞 讨 者

在中国的每一个城市，总有那么几个角落，散布着形态不一的乞讨者，他们有着不同的背景，却有着共同的命运：以乞讨为生。这类人中为数较多的是老人，他们往往穿着破烂不堪的服装，迈着年迈的步伐，露出哀求的神情，伸出手颤抖着从一个人走向另一个人。也有一些人，他们并没有步入花甲之年，甚至他们可能正值花季当年，但他们有着悲惨的遭遇，于是他们把自己的遭遇写在一张破烂不堪的纸上，展现在人们面前，而自己则低头跪在这张纸面前，就这样呆了很久很久，等着过往的路人一点同情的施舍。

大多数的时候人们都是对他们避而远之或者就这样一走而过，极少数人会伸出援助之手，往他们随身的小盒子里放入一点钞票。如果说这就预示着现在人情的冷漠，也不完全正确。因为我们身边充斥了太多信息告诉我们，即使亲眼见到的也未必是真实的，所以我们不再相信这些也许只是利用我们同情心的“伪乞丐”。我们愿意同情，但我们憎恨欺骗。而我也慢慢融入这样的队伍，我不再如以前般每次都掏钱包，有的时候我也只是假装看不见。

然而当我在火车站候车室碰到一个小孩的时候，我又一次地选择了相信。他告诉我他家里很穷，来上海后父母连让他上学的钱都付不起了，他只好出来靠乞讨为生，这样也许有一天他可以攒够钱去学校。他哀求我能够给他点帮助，我望着他的眼神，是那样的清澈，那样的渴望，我甚至可以想象出他那苦楚的生活。面对这个小孩，我的心瞬间融化了，我掏出钱包，没有零钱，我于是拿出一张 100 元给他，他惊愕地看着我，似乎想说点什么，但紧接着展露出了他灿烂的笑容，我也很是欣慰。我知道这个帮不了他多少，但是我只想尽自己微薄的一分力去给他温暖。后来他跑开了，我继续在候车厅里坐着，看着手中的书，突然来了 3 个和刚刚那个差不多大的小孩，就这样硬生生地跪在我的面前，伸出他们稚嫩的小手，还是一样的眼神，只是表情非常漠然，那一瞬间，我是真的被这个场景惊吓得一句话都说不出来。最后他们怎么离开的我已不记得，只记得众人围了过来，说了很多话，有各种各样的声音在我的耳畔回荡，而我就这样静静地盯着一个不知道方向的点看了很久很久。等我缓过神来，小孩已经不见，一切又恢复到之前的平静。然而我的内心却怎么也平静不下来，我真的好痛恨啊，不是为了钱，从我的内心深处我是多愿意去帮助这样的群体，但是我又深刻地清楚我一个人的力量是多么有限。我更痛恨的是这原来只是精心设计好的骗局，而主角居然是稚嫩无辜的孩子。

我非常心痛，更无比害怕。我恨那些利用这群可爱的孩童来欺骗众人，去进行他们无耻勾当的人们。这些孩子本来可以有灿烂的童年，本来可以无忧无虑地玩耍，本来可以对这个世界有美好的期待，然而现在他们却要这么小就被像机器一样训练出来去欺骗人，以此来获得他们需要的战利品。突然我在害怕这对于孩子们的心灵会造成多大的伤害，对他们今后的人生观造成多大的扭曲。我不知道，你们，那些将孩子训练出来的刽子手，是什么样的角色，是父母，是人贩子？我已不敢想象，只是感到心隐隐地痛。我真心希望那些有这样龌龊想法的人们收起你们这些不该有的念想，还孩子一个美好的未来。

我相信在这个世界上没有任何一个人甘愿乞讨为生，我相信没有一个人从本质上就自甘堕落，也许你们都有着言不由衷的原因，也许你们都有着难以言表的痛楚，但是如果你们还有双手，就请尽力用自己的这一双手去创造财富，而不要整天想着靠博取众人的同情来过活，只要老天让你活着就一定有它的理由，再大的困难、再难熬的痛苦总有解决的方法。

乞讨，是把自己的命运寄托在别人身上，靠着别人的施舍过活，这显然不是一个健康的生活方式，既然命属于自己，为什么不自己去改变，而要将自己的明天赌在别人的手里？那些企图将乞讨当成一种职业，通过欺骗来取得那一点钱财的做法更是让人心寒，也许有一天当人们不再相信欺骗，当人们收起最本质的同情，变得冷漠淡然，我不知道这个社会将会变成怎样一番模样，难道这是你们想看到的吗？难道这些就是你们费劲一切心思想得到的吗？

如果可以，我多么希望不要再有流浪者过着乞讨的生活，我多么希望不要再有这么卑微的生命，我多么希望我们能从骨子里拒绝乞讨。让我们竭尽全力去主宰自己的命运，让我们能够活得多些尊严，让我们能不要从精神上将自己毁灭。

流 浪 者

在这个世界的每一个角落都散布着形态不一的流浪者，他们居无定所，他们没有固定收入，他们终日飘荡游离，他们拥有最孤独的灵魂，他们收获的都是冷漠的目光，他们不会被关注也不曾被记起，甚至他们的生命都变得无比卑微，仿佛他们的存在与消失都不会引起众人任何一丝的注意，他们用他们的方式生存着却也被这个世界遗忘着。

曾经不止一次地看到这样的一些流浪者，他们睡在冰冷的地面，不管白天黑夜，不管寒冬酷暑。很多时候我看到的他们都是掩面而睡，要么就是把自己的头埋在他们随身带的简陋的被褥里。有的时候我总是在想，隐藏在被褥里的到底会是怎样一副面孔，他们来自哪里，他们到底经历了什么，他们的家人在哪里，他们到底有着怎样的故事，他们为什么不回家而选择这种漫无目的、虚无缥缈的流浪。

流浪者是没有家的。只有无处可去的人才会选择流浪，他们也许早已家破人亡，在这个世界上只剩下自己一个人，没有任何地方可去，也没有任何可以信赖和依靠的人，从此他们要独自去面对这个看似熟悉却又如此陌生的世界。也许他们根本没有做好这样的准备，也许他们不知道未来的路该怎么走，也许他们早已看不清前行的方向，于是他们开始了他们的流浪，走到哪里，就算哪里，反正此刻全世界对他们来说都一样，一样的陌生，一样的冷漠。但是我常常又在想，也许流浪者是有家的，至少在表面上看起来是有的，但只是在他们心中家早已失去了最初的那种感觉，变得不再温暖，变得不再像家，于是他们在失望之余选择了离开，选择了流浪。他们有家却不能回家，他们有家却不想回家，家在他们心中早已成为一个空壳，成为一个他们不愿意提起也不愿意再想起的过去，他们只有选择流浪，他们只有选择离开，不知道去哪里，但至少他们心中知道他们已经准备好逃离。

流浪者是孤独的。每一天伴随他们的除了大自然之外，别无他物，他们没有倾听的对象，也没有诉说的对象，他们只是在心中和自己一遍遍地对话，所有的哀伤，所有的痛苦，所有的幽怨，都只有自己才能听得见。有时候他们也很想把天地万物都想象成他们的伴侣，可他们还是失望地发现这些他们眼中唯一的伴侣却始终是读不懂他们的语言的，有时候他们对着天空呐喊，却发现得到的只是自己的回音，未曾听见其他的声响。从那一刻起，他们知道，他们选择了流浪就已经注定了孤独。孤独，终将包裹起他们，在每一个到来的白天黑夜，在他们生命中的流浪生涯。有的时候，他们看着过往的人群，看着人们匆匆走在路上的模样，他们突然很羡慕，羡慕那些人有着明确的目标，羡慕那些人知道自己该去往哪个方向。而他们呢，那么多方向，他们好像都已经走过，却好像又都已忘记。没有人会管他们去向何方，也没有人会管他们是否疲惫，是否哀伤，他们发现虽然每天他们所在的这个世界人潮涌动，但自己却仿佛置身一座空城，只有黑暗和孤寂的笼罩。

流浪者是没有未来的。未来在他们眼里仿佛被笼罩着一层迷雾，看不清楚，也看不明白，或者说他们其实根本就不知道有叫做未来的东西存在着。他们每天过着看似日复一日的生活，没有任何变化，但是很多时候他们其实害怕也担忧，他们突然害怕起那些每天都见到的事物，好像时钟每分每秒都在走着，又好似都早已停止。未来也许从来就不属于任何一个流浪者，他们没有这样的机会也没有这样的福气去拥有未来，他们不敢奢望未来，因为他们卑微地觉得他们的世界里根本没有未来。

很多时候,看着那一个个流浪者,我都很想去和他们交谈,我很想听听他们背后有着怎样的故事,我很想知道他们为什么会选择流浪。我总以为他们是和我们不一样的群体,我总认为他们有着令人哀怨的人生。但很多时候从他们的眼神里我仿佛又能看到他们也正在以同样的眼神看着我们,好像我们也成了他们眼中的流浪者。看似目标明晰,实际上很多时候被各种障碍模糊了双眼,找不到方向;看似雄心壮志,实际上内心摇摆不定;看似快乐无忧,实际上内心孤寂落寞;看似和谐美满,实际上早已貌合神离。于是,我突然发现,原来每个人都曾经在自己的生命中做过流浪者,原来每个人都曾经有那么些时刻找不到前行的方向,原来每个人都有内心脆弱的一面,原来每个人都感受过别人不曾体会的孤单。有的人只是身体在流浪,有的人却是心在流浪,身体的流浪也许终有一天可以找到停歇的彼岸,但心的流浪恐怕要耗尽一生的时光、用尽一切力量也找不到停靠的港湾。

如果可以,让我们给那些流浪者们一些祝福,祝福他们可以早日走出这一分孤独,祝福他们可以真正地迎着晨光醒来,又带着月光睡去。祝福他们又能如曾经那样感受到这个世界浓浓的暖意,不再哀怨,不再悲伤,身体累了就停下脚步,心累了就专注地倾听内心的呼吸,愿有一天我们眼里的流浪者和流浪者眼中的我们都能拥有最纯美的笑容,然后张开臂膀,拥抱每一天最灿烂的阳光。

蝴　蝶　梦

“破茧成蝶”，被多少人用来比喻那些怀抱着梦想不曾想过放弃，经过众多艰难险阻，历经无数磨难，终于等到梦想实现的那一天，自己则在那一刻绽放出翅膀，变成一只美丽的蝴蝶自由欢快地飞翔在空中。每一只蝴蝶在他们可以展翅高飞的那一天之前一定是经过了自己最大限度的努力的。

不知道是从什么时候起开始迷恋起蝴蝶，并被它们深深地吸引着。查了相关资料才发现，原来全世界目前共有 14 000 种蝴蝶，不禁被这个数字震撼着，原来全世界有这么多种蝴蝶，原来全世界有这么多种美丽，脑海里不只一次地想象着，如果这 14 000 种蝴蝶同时都出现在自己的面前会是怎样一幅画面。我想如果真有那么一天，也许自己都来不及欣赏这一分超自然的美丽，自己的心早已随着蝴蝶一起飞向天际，也许自己在那一刻也终于化为一只蝴蝶，然后在空中和它们一起飞舞，一起欢唱，之后过着一只蝴蝶的生活，美丽绚烂。

蝴蝶最美丽的地方在于它的翅膀，五彩斑斓的颜色，错落有致的花纹，让你不禁感叹上帝对于它是多么眷恋，给予它们如此美丽的容颜。蝴蝶停留在某处栖息的样子更是迷人，在那一刻你可以更加仔细地看清它的面庞，似乎带着羞涩，还时不时用它美丽的翅膀遮挡起来，给你若隐若现的惊喜。在那一刹那，你会不由自主地伸出手，打算将它抓入你的手中来仔细观赏一番，却不知它早已察觉到你的举动，在你即将碰触到它的一瞬间飞入空中，给你留下无限的悬念，揪住你的心，让你永远沉迷于它的美丽却始终无法占有。

传说中有一个女子，她是蝴蝶的朋友，她总是能够召唤来无数的蝴蝶，有的温柔地趴在她的身上，有的则和她共舞，构成一幅如仙境般的绝美画面。人们惊叹于这样的画面。人们总说是她的香气招来了蝴蝶，而我总觉得她本身就是一只蝴蝶，她能够读懂蝴蝶的语言，她能够感觉到蝴蝶的每一次心跳，她能够体会蝴蝶的每一分喜怒哀伤。

如果可以，我真的希望自己可以变为一只蝴蝶。我很想知道在它们的美丽国度，有着怎样的语言，有着怎样的故事，有着怎样的传奇。我很想知道当这么多美丽交汇到一起的时候会产生怎样的神话，我很想知道一只蝴蝶会用怎样的方式去和其他同伴沟通，我很想知道它们如何利用上帝赐予它们的美丽，我很想知道它们如何完美地绽放它们的生命，我很想知道在它们眼中的我们是什么样子的，我很想知道它们对我们的态度，我很想听听它们的内心。一只蝴蝶的内心，我想，应该是很精彩的吧，它们拥有着美丽迷人的外表，它们勾引着我们的心，它们一定也有着精彩的人生。我甚至很想有这样的冲动把它们的故事写下来，然后去告诉全世界，原来我读懂了蝴蝶的人生，原来惊艳的背后也有着心酸，原来美丽的代价也是伤痕累累，原来它们一直憎恨人类，原来它们不想被制作成一个个冰冷的标本，原来它们不想被一次次折断双翼，原来它们一直在这个世界上生存着，也一直在逃亡着。

我们都喜欢美好的事物，我们都想将美丽化为永恒，我们看得见蝴蝶的美丽，却听不见蝴蝶的哀伤，我们剥夺了蝴蝶的自由，我们结束了它们的生命，我们在守住这一分美丽的同时也忘记了它们也是有心的，也会痛。

这一夜，我做了一个梦，梦见自己真的变成一只蝴蝶，梦见自己无比美丽，梦见自己真的看见那一个如梦的王国，可是却怎么也看不清，只记得满眼都是灰色的，到处听见的只有哭泣声、尖叫声。还没等我再看清楚，已经一头扎入一片黑暗中，被死死地套住，再也挣扎不开。

如果可以，让我们还蝴蝶一分自由，让我们给美丽一点宽容！

关于梦想

我们这一代人能有梦想的寥寥无几，看着身边的人每天辛苦忙碌的工作，有开心的有不开心的，有欢喜的有抱怨的，然而当问及他们的梦想的时候，所有人基本都陷入沉思，大家都觉得梦想是个多么遥不可及的话题，都认为自己早已没有了梦想。被现实的压力压得透不过气来的人们早已经忘记了儿时自己曾经在心中默默许下的愿望，都忘记曾经我们说过的长大后要做什么的誓言，这些就像是埋藏在深海里的一根针，早已经被淹没，被淡忘。

然而人长大以后就真的不需要有梦想了吗？我认为不是的，一个没有梦想的人就像是一具没有灵魂的躯体，虽然有华丽的外壳，但是内在却空洞无味，有的人把赚钱当成梦想，却不知树根和树叶的关系，没有根的存在根本不可能长出茂繁的枝叶，所以钱并不能真正成为我们的梦想。这就是为什么很多很有钱的人也会迷茫，也会惆怅，人是一定要靠梦想支撑的。

我们设想一下自己身处一个美丽的地方，周围一片鸟语花香，我们静下来和一位我们很久没有见面的老朋友促膝长谈，这位友人就是我们的心。我们是多久没和他进行一次真正意义上的谈话了，我们该好好问问他：我们到底想要的是什么？我们现在所做的一切还能一直带领我们走向幸福的方向吗？也许你会觉得很可笑，也许你会觉得这年头有梦想的人很不切实际，也许你会觉得这都是在浪费时间，但如果你知道俞敏洪连考 3 年大学，马云去肯德基应聘落选，谢霆锋以前抱着吉他在路上睡觉，张国立带着老婆睡过地下室，空调安装员郭富城、建筑工人阿杜的故事之后，你应该学会去相信只要有坚持不懈朝着梦想奔跑的勇气和努力的决心，总有一天，你一定也会看见希望在不远处向你招手，不论在何时，不论在何地。

如果我们认同可以不需要有梦想，那么我们等于给自己的人生提早下了一个平庸的定论。人生可以平凡，但一定不可以平庸，让我们一起设定一个属于自己的美梦，并且朝着它大步狂奔吧！

中国达人秀

在大批唱歌跳舞类选秀节目轮番轰炸人们眼球,已经造成大部分人的审美疲劳之时,一个创新型的选秀节目横空出世,抓回了不少已经转过身的人们的眼球,并让人们记住了它的名字:中国达人秀。

关于“达人”,找到 3 种解释:1. “达人”一词语出《论语》中的“己欲立而立人,己欲达而达人”,这句话的意思是:“如果你想得到别人的尊重,你就要尊重别人;如果你想得到别人的帮助,你就要帮助别人。”2. “达人”是指在某一领域非常专业、出类拔萃的人物,指在某方面很精通的人,即某方面的高手。3. 在中文字典里,“达人”是指经过长年的锻炼,积累了丰富的经验,而得到某个领域真谛的人。

一向不爱看电视的我,每周末总是准时坐在电视机前,然后极其兴奋地等待这个节目的开始。我想这个节目吸引我及大部分观众的原因除了里面骇世听闻的才艺外,更重要的一点是那些拥有这样才艺的都是普通人。他们中有农民,有小商贩,有修理工,有环卫工人。正是这些生活在社会最底层的人们拥有这样让人惊讶的才能才更加让人唏嘘不已,让人更加感叹他们这背后的不易和坚强。他们就像是栖息在园中的小草,即使没有长成参天大树的命运,却从来不向命运低头,任凭狂风暴雨的击打,却始终屹立不倒;他们就像是散落人间的精灵,不遗余力去寻找自己那一双飞翔的翅膀,等待重新飞向天空的那一天。

他们有着不同的境遇,却有着一样的目标:改变命运。评委每一次都会问的问题:你的梦想是什么?有过无数的答案,有一次一个小男孩的答案让我久久不能忘怀。当刘烨问小男孩的梦想是什么时，小男孩说：当明星。然后刘烨继续问：为什么呢？小男孩思索了下，然后咬起嘴唇，说出了那几个像针一样扎进人心里的话：因为不想被人嘲笑。在那一刻，全场陷入一片寂静，也许大家都没有想到他会这样回答，也许大家都没有意料到原来想做明星只是为了不被人嘲笑。镜头定格在四位评委那里，他们都是明星，面对这样的回答他们也愕然了，都陷入沉思。我想他们一定是在想自己当初想成为明星的时候是为了什么，我想他们一定没有想过当明星是为了不被嘲笑。

可以想象在这样精彩才艺的背后小男孩内心受着怎样的煎熬，可以想象在小男孩的日常生活中经历了多少世人的嘲讽和冷眼，可以想象这样一颗幼小的心灵承受了多重的负担，可以想象一个有自尊的灵魂就这样被无情地践踏，那是一种常人所无法理解的痛。所以当这种痛已经彻彻底底地扎入了内心，当被荆棘束缚住自己的身体，你唯一想做的就是用尽一切力量去抵抗，你唯一想实现的就是改变你的命运。

命运，这个东西，一直以来被多少智者去分析，去探讨，总算得出了世人认可的理论：命运掌握在自己手中。我们没法选择出身，我们没法选择起点的位置，我们唯一能做的就是将命运这根绳索紧紧抓牢，然后不断地装备和完善自己，让自己能早日翻越过眼前的高山，让自己能摆脱不堪的命运。

在我看来，每个人都是上帝折了翼的天使，我们坠落人间，由于周边的环境和贫苦的生活我们可能早已忘记了自己曾经的光芒，但只要我们用心去发现，只要我们能抱有一颗积极向上的心，只要我们愿意相信自己，只要我们善于开发自己的潜能，在某一个时刻，我们一定可以再次长出那一双美丽的翅膀，然后自由地翱翔在那一片苍穹，在身后划过一道美丽的弧线，变得无比璀璨耀眼！

变 形 计

我们每个人，这一生，都容易犯的一个错误就是将自己的目光久久停留在别人的身上，不断去寻找和放大这个人身上的缺点。对那些比我们优秀的人，我们则将眼睛睁得更大，将范围扩得更广，以此来寻找出让我们为之兴奋并加以批判的切入点；而对那些比我们差的人，我们则报以不屑一顾的态度，甚至将自己和这类人群区分开来，对他们嗤之以鼻。我们总是这样盯着身边的每一个人，却忘记了看看自己。也许我们看自己最多的时候就是在镜子里，只有在那一刻我们才是那样近距离地看着自己，但是我们却从来不会想到自己有什么需要改变的地方，有哪些不完善之处。

现在的人太容易产生的情绪就是不平衡。我们总是对那些比我们获得更多的人们报以畸形的情绪，她美貌如仙则被质疑整容，她快速晋升则被质疑和领导潜规则，她获得财富则被认为一定采取了不正当手段，她获得很多荣誉则被认为幕后有黑手，实在找不到她任何的把柄我们则选择散播谣言。这个世界上总有那么几个人会认可你的能力，也总会有一些人会带着质疑的声音，对于后者，很多人往往恨之入骨，甚至因为他们而影响了自己的情绪，陷入了无限的苦痛。其实我想说，这群人，他们是非常可怜的，在我看来，他们的内心极度空虚。因为一个人，如果对自己这一生有着明晰的目标，有着细致的规划，他是不会有时间浪费在研究和挖苦另一个人身上的，因为他还要为自己的梦想努力、奋斗。他不会有精力也不会有心思去做这些无聊的事情。其实那些眼里总是看到别人无限的缺点的人和每天无数次抱怨的人内心是非常孤寂和自卑的，他们其实心里很清楚别人的好，但是他们就是要凭借自己所谓的阅历和资历去评判这一切，去展现给世人他所谓的敏锐的洞察力，然后在世人的掌声中获得骄傲和自豪感。其实他并不知道，大家的掌声背后藏着的是更多的嘲笑，他在取笑和挖苦别人的同时也被其他人以同样的方式对待着。然而更可悲的是他也许还浑然不知。

不只一次地思考，究竟怎样才能怀抱正常的心态去看待另一人，另一个无论比你优秀还是比不上你的人，究竟什么时候人们才能学会多看看别人的优点，多照照自己的不足。突然就很希望这个世界上有一种力量可以让我们变形，哪怕只是一天的时光，让每一个人去实际体验一下另一个人的人生，贫穷落后的人们去体会富裕的生活，拥有财富和地位的人们去体会卑微的生命，努力奋斗的人们去体会愤世嫉俗的感觉，愤世嫉俗的人们去体会艰苦奋斗的不易。也许只有这样真真切切地体验一番，我们才会知道其实我们眼里所看到的那些表面的东西在此刻看来显得多么肤浅，唯有真真切切体会过一个人的人生，我们才知道我们看不到的是背后的力量。我们嫉妒别人的成就却没看到他背后付出了多少艰辛，吃了多少常人无法忍受的苦楚；我们瞧不起别人的落魄却没看到他背负着多重的负担，在面对生活的磨炼时有着多么坚强和善良的灵魂。如果真的能够有这样一次真切的体会，也许我们就不会对别人那么苛刻，也许我们的眼光不会变得那么杀气腾腾。

所有的人，在褪去了外在的一切后其实都一样，都是同一个物种，同一种生命。我们该问问自己，是从什么时候起，我们变得凶残，我们变得面目狰狞，我们变得再也不相信彼此，我们变得不再那样纯粹、不再那样真实，我们都知道美好的事物是该用来欣赏的，可是我们却从来都忘记了我们还拥有这个能力，我们都忘记了原来我们只有不断地汲取美好的能量，才能让自己变得更强、更坚定。那些不平衡感和嫉妒心就像是一道道符咒将我们牢牢地锁死，我们应该勇敢地将它们摘掉，然后向这个社会和我们身边的人们抱以灿烂的微笑。

生命也许没有变形记，但我们可以修炼我们的内心，终有一天我们一定可以感受到别人的人生，我们一定可以更多地看到自己的不足，也唯有如此，我们才能一天天进步，我们才可以汲取这个社会带给我们的能量，我们发现自己也终究可以发光发亮，点缀着这个美丽的世界！

微信时代

这是一个全民微信的时代。自打我坐出租车都看到的哥用微信讲个不停我就意识到,微信这个神奇的新时代交流工具已经完全融入我们的生活中了。

微信是个好东西。首先,它可以省钱,有 Wi-Fi 的地方自然全免费,即使没有 Wi-Fi,包了流量也让你省去高额的话费。其次,它省事,解决了之前发短信要打字的困扰,直接拿手机当对讲机一样呼叫,对方收到后立马可以回复,即使你再忙只要对着手机喊两句,便解决了之前很多问题。再者,它能随时让你关注到友人动态,朋友圈及时更新的信息让你随时都能看到最近好友都在忙些什么,有哪些动向。最后,一些趣味的小游戏还能帮你打发路上无聊的时间。所以不得不说,这是一个非常成功的新时代交流工具。然而正是这个看上去非常便利的工具引发了我无限的担忧。

身边一位朋友,平常交流基本不直视对方,说话也几乎寥寥数语,然而一到微信里,消息一条接一条让你目不暇接,简直和平常判若两人。我认为人和人之间最重要、最直接的还是面对面交流,如果因为这个工具的便捷而丧失了最基本的与人交流的能力,这是谁都不愿意看见的。平常坐地铁的时候看见车厢里只要有手机的人基本都低着头,其中不少于 80%的人在玩微信,这一群人被媒体称为“低头族”。不禁感慨,其实时代愈发进步,大家反而更加沉浸于自己的世界里,那个虚拟的世界,那个社会进步给我们带来便利的第三个世界。往往这时候我会闭上双眼，我在想象，如果有一天大家不再只是盯着手机，而是和身边的人去交流，去眼神交汇，哪怕是看看身边的人和物，感受一下这个世界，也许人情的冷漠就会好很多，毕竟机器是冷的，而人才是有温度的。身边很多朋友跟我说现在有了强迫症，只要没事就去刷新朋友圈，没事就看有没有人给自己发消息，我想说科技的进步是为了让我们多一个便捷的工具，而不是让我们逃离这个世界。这个时代已然存在，我们应该利用好，而不是成为机器的奴隶，这才是所有人想看到的。

时代在发展，社会在进步，如果大家能够抬起头，给身边的人一个微笑，这个世界将变得更加美好。

骑车去拉萨

很久不看电视了，一日晚间看到一个很不起眼的男子，表演着三脚猫功夫，当被问及梦想的时候，他憨笑着回答：“骑车去拉萨。”我笑得前仰后合，心想这是什么奇怪的梦想啊。请原谅我当时把他的回答和他的形象联系在了一起，当时我觉得这实在是一个可笑的傻小子。节目进行下去，主持人问道：“为什么呢?”这倒是问出了我心中的疑惑，我盯着屏幕，看着眼前这个傻小子怎么样说出一个很傻的理由。只见他想了想，咬了下嘴唇，然后看了主持人一眼，弱弱地拿起话筒，说出一句让我久久不能平静的一句话：“因为我不想错过沿路的风光。”当他说完这句话后，我先前的那些嘲笑突然变成一根根刺，直接扎入我的内心，我瞬间觉得自己是多么渺小，就在他说出这句话的那一刻我对这个傻傻的少年多了几分钦佩和尊重。

是从什么时候起，我们一直苦苦追寻终点的方向，却从来没有关注过沿路的风光。我们从一个地方赶往另一个地方，翻越了一座又一座高山，跨越了一个又一个障碍，由于怕被人超越，我们不敢停下脚步，我们一路向前，我们来不及环顾四周，更无暇回头张望。我们的眼睛固定在了我们目标的方向，我们看着那个目标，一步步逼近，我们享受即将成功的喜悦，却错过了沿路那美丽的风景和可爱的人们：那一片茂密的森林中成千上万种植物在风中翩翩起舞，那一块快乐的园地动物在上面嬉笑玩耍，那一道宽阔的彩虹在星空绚烂辉煌，那一片美丽花海在风中散发迷人的芳香，那三三两两的人群汇聚出爱的光芒。

这一切，我们都没有看见，我们只是一路狂奔，任双脚践踏草地，任身体撞倒沿途的生命。

是谁曾经说过，让我们不要只看结果，要注重过程。然而这个设想在现在的社会只是一个美好的幻想。没有分数的成绩我们只能接受老师的批评，然后等着被退学；没有销售业绩的成果我们只能拿着最低收入保障，然后等待被开除；没有婚姻的后果我们只能落得一个被人取笑的境地，然后等待着被唾弃。这个世界种种的一切都告诉我们过程远没有结果重要，我们无论做了多少努力，付出了多少辛苦，然而如果结果不尽如人意，我们还是会遭到冷眼相对，我们还是被披上没有能力的恶名，在寒风萧萧中冻得瑟瑟发抖，不堪一击。所以说，结果，在现今这个时代，对于我们来说，太重要了，说只要过程不要结果的人都是虚伪的。对于普通大众来说，结果，它怎么可能不重要，它是我们生存的利器，它是我们立足的根本。

然而我们不要忘记大自然的规律，先有因，才有果；首先有了过程的存在，才会有结果的产物。所以这两者并不是矛盾的对立面，它们应该是共通的，应该是被结合起来的。我们通往结果的路途中必定有过程存在，我们可以假装看不见，我们可以假装不知道，但他们就是这样切生生地存在着，不可抹去，不可忽视。

想给自己人生一个漂亮的结果是每一个人的心愿，但我们何尝不能踏踏实实走完每一个过程，度过每一个阶段的欢乐时光，停下我们的脚步，欣赏沿路的风光，也许我们会有不小的收获，也许结果正在不远处欢笑着向我们招手，也许我们可以在享受过程的同时也产出金色的果实。

如果可以，有一天，我也想骑车去拉萨，在我有生之年，看看祖国美好壮丽的河山，听听大自然莞尔动听的乐章。如果可以，请你从今天起放慢你的脚步，重新规划你的人生。也许惊喜就在下一秒出现。

跨年的意义

记得小时候,春节那天是一年中最兴奋的时候。那天早上起来,首先收获的是从头到脚的新行头,连袜子都是全新的,然后等待着爸爸妈妈给的大红包,吃完一顿美美的早餐后便随着爸爸妈妈挨家挨户地拜年,感受随处可见的喜庆的气息,那个时候仿佛天空也都被装饰了一番,露出从未有过的绯红色彩。烟花四溅,爆竹声轰鸣更是特有的年味。

如今,这种气氛仿佛随着年龄的增长变得越来越稀薄,自己也变得越来越淡然,只是在不经意间恍惚感慨,原来一年的光景就这样过去了,原来新的一年已经悄然无息地就这样到来了。

越来越多的城市的政府下达了禁止燃放烟花爆竹的命令,于是你很少能在城市看到烟火,听到震耳欲聋的爆竹声。在其他方面你还是可以感受到过年的气息,你会看到很多地标性的建筑附近在某一天搭起了很大的舞台,如果一直在那里等候你就会发现在这个年末即将到来的最后一刻,这个城市的人们如潮水般涌来,瞬间将你淹没,在倒计时声中你们一起送走了过去的一年,迎来了崭新的新年。在这个时代,人们是喜欢跨年的。

通常跨年也被聪慧的人们赋予了很多意义,比如今年的主题是"一生一世",仿佛当零点钟声敲响的那一刹那,我们就可以走过一生一世的光景了,所以你不得不去佩服中国人语言文化的高深。当某一次跨年被附上这样的定义后,人们内心中的那一颗蠢蠢欲动的心就在那一刻被彻底地点燃了，找什么人一起度过这一次意义非凡的跨年就成了人们首先去关注的问题。于是这个看似和往常一样的一天在这样的意义下突然增添了无与伦比的浪漫色彩，然后一切就在无声无息中变得非比寻常。也许你会想着在这一天和你最爱的人打一通电话，吃一顿晚餐，看一场电影，然后当零点钟声敲响的那一刻，你们紧握彼此的手，就这样享受一生一世的感动，最后再相拥入梦。也许你会想着和你最好的朋友在这样的时光里回忆和感慨你们一起相伴的时光，然后你们约定未来不管对方有任何变化，只要任何一方有需要的那一刻你们都会毫不迟疑地出现在对方面前，给予对方强大的支撑。在那一刻你觉得这样的夜晚才更加符合这一天被赋予的意义，你觉得这样你的心里才不会留下什么遗憾，于是你会感激人们对于跨年的定义，让你感受到扑面而来的暖暖气流。

跨年的时候人们首先会做的是回忆。回忆这即将逝去的一年中我们做了些什么，我们得到了什么，我们又失去了什么。最后在自我的总结声中对未来发出了不一样的呐喊。如果是信心满满，感叹于这一年所取得的成就的人们通常会对新的一年有更高的期望和愿景。而如果遗憾重重的人们则是希望来年自己会有全新的开始，仿佛这一天过去之后自己就如脱胎换骨般换了一副模样，仿佛所有的污浊的命运都在最后一天化为灰烬，然后期盼着万物如乾坤大挪移般发生天翻地覆的变化。

不禁感叹，原来跨年被刻上了一层亘古不变的意义：改变。我们之所以在对过年期盼越来越少的年纪还这么沉浸于跨年，是因为我们期待着改变。我们内心一直在呼喊，我们内心一直在期盼，零点敲响的钟声在那一刻仿佛已经不再是显示在时钟上，而是重重地敲在了我们的心间。从那一刻起，我们暗自在心中让自己的一切全部清零，重新计数，我们期待着改变，我们希望变得更好更强，我们希望自己能够获得重生，我们希望自己在一天天即将逝去的时光里度过我们最美好的年华。

也许你已不再年轻，也许你再也感觉不到小时候那种浓浓的年味，也许你就这样慢慢地不再有激情地迎接生命中一个又一个的年轮，然而当跨年的钟声响起的那一刻，你是否也和我一样，在某一瞬间，看着划过天际的流星，那样灿烂、那样壮观，于是你仰望天空，闭上双眼，许下了自己不曾对任何人诉说的愿望！

离别的车站

无论是工作日还是休息日，在车站你总能看到络绎不绝的人群，这里是中转站，将人们从一个地方带去另一个地方，很多时候人们在旅途中相遇，也在旅途中告别。在这里你可以看到很多人，他们就在这一片狭小的天地上演着他们自己的剧本。但大多数的时候你总是能在这里嗅到悲凉的气息。你可能看到屈身躺在冰冷的坐椅上的孤独的身躯，也可能看到背着大包小包将自己淹没的瘦弱的灵魂，你还能看到一手啃着面包、一手拿着公文包赶路而面无表情的机器人，你还能看到拥在一起的两个人在逐渐散去的人群中越拉越远，流下离别的泪水。

车站，是一个满载泪水的地方。在这里，很多人经历着离别，上演着悲剧。曾经看到一个女人跪倒在一个男人的面前，祈求他不要离开，祈求他不要丢下自己独自远行，那么多双眼睛注视着这两个人，女人歇斯底里般的呐喊也没有停住男人的脚步，在闸门打开的那一瞬间男人头也不回地步上了去往他乡的旅途，唯独留下女人将自己的泪水洒满车站那一片冰冷的水泥地。还有很多恋人在这里满含泪水地告别，他们总是一步三回头，直到自己心爱的人消失在视野中，然后自己才孤独地离开。在那一刻，自己的脚步仿佛也变得沉重起来，不再如以往那般轻盈，整个人如被掏空一般离开。还有很多父母送孩子去远方读书，他们手上提满孩子的行李，鼓励着孩子一人独自在外要好好照顾自己，不用担心家里，他们目送孩子，直到车轮启动的那一刻他们依然充满笑容，他们愉快地挥着手同孩子告别，直到列车再也看不见了，这个时候你才会看见两个人苍老的面颊上划过的泪滴，然后两只苍老无力的手不停地擦拭着泪水，在那一刻，两颗心就这样连同前进的车轮和孩子一起远行。

由于曾经在外地上学，我亦是经历了很多次车站的离别，所以我从心里是惧怕车站的，很多时候我宁愿一个人背起包就这样远行也不愿意自己最亲爱的人去车站送别。我怕看到他们远去的背影，我怕自己的泪水忍不住地流。我害怕离别，但是人在很多时候却又不得不经历一次又一次离别，所以我只是在自己的能力范围内不让离别的剧本在自己的电影里上演。我喜欢观察车站里的每一个人，感受他们的一言一行，一举一动。甚至很多时候我会猜想他们都是因为什么来到这里，又是因为什么而要选择远行。大部分人的故事我可能都没法猜到答案，但是我想，有一点我们是有共鸣的，那就是我们都有着自己的故事，在踏上这片旅程时我们都有着自己的目标，无论我们是喜悦或是悲伤，是感动或是愤怒，都在这个偌大的地方留下了我们的脚印，当我们回首走过的印记，是那样清晰，就这样牢牢印在车站的每一个角落。

如今的车站不管建得有多么壮观、豪华，还是会有散落一地的悲伤。现在，那个主角，是你吗？

如果明天就是世界末日

这段时间，上海每天都是严重雾霾，路上的行人纷纷全副武装，把自己包裹在严实的口罩下，只露出一双眼睛在外面。铺天盖地的报道和大家讨论的焦点瞬间集中在了一个叫做 PM2.5 的专业名词上。所谓 PM2.5 就是大气中直径小于等于 2.5 微米的颗粒物，也称可入肺颗粒物，而这种颗粒物进入人体的肺泡后会被巨噬细胞吞噬而永远停留在肺泡里，对心血管、神经系统等都会有影响，不是单纯影响呼吸系统。上海目前每天 PM2.5 都是严重超标状态，空气很污浊，让你觉得在户外每呼吸一口空气都会忧心忡忡，所以甘愿隐藏在冰冷的口罩后面，不愿意再去面对这个世界。朋友笑谈，以前上班都是看大盘，现在都是看 PM2.5 指数，大自然又一次无情地还击了人类。

突然想到一个问题，如果明天就是世界末日，我们会怎样？

脑海里不禁浮出很多画面，正像泰坦尼克号沉船的那一刻世人的百态，有仓忙逃生的，有从容淡定的，有乐观豪迈的，有惊恐失措的，每个人在面临死亡的那一刻都会展现出不同的状态。问了很多人这个问题，得到的答案千奇百怪，但有两个让我印象尤为深刻。其中一个说如果明天就是末日，他要把所有没干过的坏事都干一遍。还有一个说如果是末日他则欣然接受，等待命运的召唤。其实答案倒是挺普通，但是让我不免陷入沉思，我想我在问他们这个问题的时候他们是没有提前准备过的，所以脱口而出的答案应该就是他们潜意识里第一个想到的答案，那个要干尽坏事的人平常是多么憋屈啊，他在最后一刻没有想到爱，只是想到了报复这个社会，去做最后一天的恶人，我想这就是社会给他带来的不公和折磨的体现吧，以至于一个蓬勃向上的年轻人在生命的最后一刻还有这样的想法，这难道不是我们应该感到悲哀的吗？而另一个人，这样的举动不也是一种消极的接受，也许他早已习惯了逆来顺受，也许他早已适应了这个社会的节奏，所以在生命的最后一刻他已经无力去改写，他已经学会了屈服命运。不一样的答案其实背后隐藏着一样的悲哀。这应该是我们的不幸还是社会的不幸？

大自然总是一次又一次对人类进行惩罚，总是一次又一次对人类发出警告。冰冷而无情的我们如果能对这个美丽的世界，如果能对我们身边可爱的人们多一些尊重，多一些关爱，也许当世界末日真的来临时我们能够很积极地应对，我们可以抱成一团，在最后一刻感受美好的时光。如果明天就是世界末日，我希望你依然拥有一颗慈善的心和一个坚定的意念。如果是那样，也许奇迹会在最后一刻绽放。

最后的心愿

和母亲打电话，知道她开始准备远行，好奇的同时也很开心，母亲终于能出去玩玩了，想想平日里她几乎都不出远门，每天把自己埋入繁琐的工作中。我很开心地回复她，让她好好玩耍，殊不知母亲的一席话让我立刻收敛起了笑容。母亲悄悄地说："我是陪你宋阿姨去玩的，她癌症晚期了，医生说已经没有多少时间了，她说特别想去这个地方来完成她的一个心愿，所以我便陪她去了。"听母亲说完后，我心里为之一震，挂掉电话后我想了很多。

首先，我在想，一个人，在知道死亡即将来临的时刻，他会如何去面对？是忐忑不安，是无比害怕，是无奈，还是会坦然面对？至少我是做不到坦然面对的，我想我一定是无比害怕的，就像一直以来我还是对黑暗有一种莫名的恐惧，更不要提死亡了，那是我心中目前没有勇气去触碰的黑暗。有时候也觉得自己在刻意逃避，因为这是每个人都将走向的终点，因为生命不会没有终结，该来的那一天总是会到来，而等到那一刻到来的时候自己或许也无能为力。但我想，大部分人，即使心中都明白，但是那一天真正到来的时候，他们还是会哀求。所以你会看到戴着氧气罩、浑身插满塑料管、不能说一句话的人的眼神和眼里无助的泪水是在告诉你，他并不想离开，他还想继续留在这个世界，他还有很多未了的心愿、未完成的事业。

然后，我在想，一个人，在生命的最后时光，他一定会想着去做一些他曾经想做却没有实现的事情。但是时间有限，他会如何选择？也许他会在心中对这些所有的事情一一排序，把那些他认为最重要的放在前列，然后就这样按照顺序去实现。在每做完一件事情后他便默默地在心里画一个勾，然后去继续实施第二件、第三件……直到有一天他可能已经把所有这些事情都做完，然后等到他真正躺在那里的时候便可以永久地睡去，不再有遗憾，不再有悲伤。如果他没有完成，他在面对死亡来临的时刻，依然还会有苦苦挣扎的念想。

最后，我在想，那个陪伴他完成最后梦想的人会有怎样的心情，是要刻意掩饰住自己内心的悲伤，是要刻意回避这敏感的话题，还是抑制不住内心的泪水，然后来一场抱头痛哭的不舍？但是我想，大部分成年人，此刻一定会选择伪装微笑，哪怕心中有再多的依恋和悲伤，在临死的那个人面前不会有一丝破绽，只想给他留下最美好的记忆。因为知道他没有多少时间了，所以才会格外小心，格外注意他内心的感受。因为知道他只有这未了的心愿，才会想尽办法，一一去帮他实现。哪怕在最后的一刹那，在真的感觉不到他温度的一刹那，我们痛哭流涕，但至少在他活着的这一天，我们还是会很好地控制住我们的每一滴泪水。

每个人，这一生，一定会面临死亡，一定也会有最后的心愿。我们希望自己此生的至亲最爱来陪我们走完最后一程，陪我们实现最后一个梦想，也许在离开的时候我们才能更加平静和从容，只因此生无憾，只因在最后一刻我们依然幸福。

无论是我们自己，抑或是我们的爱人，最终都逃不掉这样的命运。如果可以，让我们尽力去满足他们最后的心愿，如果可以，让我们从现在起就珍惜和他们在一起的每一分、每一秒，也许这样到最后才会真的没有遗憾。

CHAPTER 3　那些触动心灵的情感

生命中有很多故事，是那样刻骨铭心，让人难以忘怀，这样的故事就如一粒粒珍珠般点缀着我们的生命，是笑容也好，是泪水也罢，最终都成为我们生命中最珍贵的回忆。

天国的电话

那一年,她 18 岁,他也 18 岁,他们高中就已经拉起彼此的手。他们考入不同的大学,但幸运的是,他们在同一个城市。她并不美丽,他也不英俊,但是他们牵着彼此的手走在这个城市中的画面真的很美很美。她总是依偎在他的肩头,而他只是轻微地抚摸着她的头发。那个时候她为他留起了一头飘逸的长发,在风的吹拂下是那样轻柔,散发出迷人的香气。

他们白天上课,晚上回到宿舍就打开电脑视频聊天。他们总有说不完的话,每次都可以聊到深夜,直到眼皮开始打架,再没有一点力气,才肯关上屏幕,爬进温暖的被窝,闭上眼睛进入梦乡后也依然出现在彼此的梦中。他们就这样羡煞旁人地甜蜜着,幸福着,生活着,给彼此原本枯燥的生活增添了乐趣,给双方原本单调的灵魂带去了五彩斑斓的色彩。

突然有一天,女孩打来电话,说他男朋友死了。那一刻,我以为她开玩笑,我总认为这是小说里才会出现的情节,然而她歇斯底里的哭嚎让我彻底相信我所听到的不是一句玩笑话,也不是一个故事,而是真实的,男孩就这样永远离开了她,离开了这个世界。

那以后,女孩几乎不去上学,每天只是躺在床上,刚开始每天都是是声嘶力竭地哭喊,到最后演变为无声地落泪,手里始终抱着一本本子,那是男孩的日记,里面记录了他们每一天的点点滴滴,记录了男孩打算给女孩的每一个惊喜,记录了男孩对未来的计划,记录了他将来要带女孩走入婚姻的殿堂。后来,女孩在众人的安慰和劝说下终于再次走入课堂,但是不管她走去哪里,手里始终不忘的就是那本载满他俩故事的日记本。那个时候,我其实不知道用什么样的言语去安慰她,我也不知道我能做什么才能让她好过点,只是每次上课的时候我都观察着女孩,她早已丢失了往日的笑容,我经常看到她上课的时候也会流泪,我经常看到她硕大的泪珠滴在那本她永不离身的日记本上,直到上面留满泪痕。那个时候,那个瞬间,我的心真的很痛。可是在那样的年代,我还不是很能领会什么是爱情,我只是真切地感受到心痛,但是原谅我并不擅长去表达我的情感,那个时候我能做的只是陪着她,有时候就这样陪着她静静的,不出任何声音地看着太阳落下,月亮升起。

有一天,女孩紧紧拉着我的手,她很兴奋地告诉我,那个男孩在每个夜里都会来到她的床边,他每天都会在梦里和她相遇,好多次她醒来时会发现男孩就站在自己眼前,还冲着她笑,告诉她要好好活着。那一刻,我再一次语塞,我真的不知道该说些什么,看着她微笑的脸庞我却很想哭,但是我却不能当着她的面,很多时候我也只是以微笑回应她,只是简单地告诉她,是的,所以你要好好生活。但是心里会痛,无法忍受的痛。很多时候我甚至想,如果换作是我,我会怎样,我会不会连活下去的勇气都没有了,每每想到这里都没法继续,因为我知道我一定是没法接受的,因为那个时候的自己脆弱到害怕一切。

女孩每天都在打着男孩的电话,用她的话解释是因为男孩在梦中曾经告诉她,要继续和他打电话,因为他还是会听到,所以女孩就一直打一直打,每天不间断地打。当然最开始永远都是无法接听,但女孩还是坚持着,她相信男孩所说的一切,哪怕只是出现在梦境里。我每天就这样看着她折磨着自己,我每天就这样看着这个在我面前脆弱的灵魂,那个时候我真的开始惧怕爱情,惧怕这样的离别,我害怕自己用生命爱上的人会有离开我的那一天,我害怕这样的日子终会来到我身边,我害怕自己孤独地去面对这一切。

后来有一天,女孩告诉我,她打通了男友的电话,原来他说的一切都是真的。听到这个我也震惊了,我不敢相信自己的耳朵,我不敢相信这个天国的电话。后来女孩就一直打这个电话,每次也能通上好长时间,看着她许久未露出的笑容我心里也暖暖的。其实我怎么会不知道,这个号码在很长时间不用了之后又被人买去了,所以女孩才打通了,所以这个天国的电话才会来临,我相信女孩心里比我还清楚,她只是不愿打破她内心的那个期待,只愿意沉浸在梦中。

后来,临近毕业的时候,女孩也已渐渐地不再如原来那样伤心,只是变得更加沉默了。她静静地在校园里过着她自己的生活,很多时候都是一个人,甚至走在路上擦肩而过的那一刻她都装作已经不认识我。而我也慢慢淡出了她的生活,我也没有去责问女孩,我相信她有自己的选择,我相信她需要的生活只有她自己才懂。

毕业后,大家各奔东西,只是听同学说起女孩至今未嫁,而她现在用的手机号就是她曾经每天不间断拨出的那个号码。

心好痛,无论你现在何方,我只希望你一切安好。请原谅我在那样的年纪,在那样的岁月没有成熟到能给你力量,陪你度过你那一段孤寂难熬的时光,请原谅我的惧怕和惶恐。如今我更加深刻地懂得了最爱的那一个人如果有一天永远离开了自己,会有多么痛彻心扉,力量大到会彻底将一个人击垮。

也许远在天国的那个他,也希望你会一直幸福下去,也许他早已化作某个人在某一天某一处静静地等着你,也许你所有的梦境都会幻化为现实,真心希望你能够在不久的将来成为最美丽的新娘!

美丽的误会

生命中总有些故事是让你刻骨铭心的，生命中也总有些人是让你难以忘怀的，生命中有些事情是一定要随着时间的流淌才会变得更加清晰，那些之前没有想明白的、没有看透的，在某一天突然就全部显现出来，然后你会发现那一个个曾经的谜团在这一刻终于全部解开，你会发现曾经让你无法释怀的，不过是一个个美丽的误会罢了。

曾经问起过一位朋友，在感情上他是否有过遗憾。于是他和我叙说了那个曾经让他刻骨铭心的爱情，那个当时没有机会去解开的误会。

像所有学生时代的恋情一样，爱情之花从他看见女孩的第一眼开始就在他们之间悄然蔓延了。一切都来得那么自然，仿佛是上天安排好的一样。他们认定了彼此，毕业后也去了同一个单位，发誓要永远陪伴在彼此身边。男孩很优秀，也很努力，在业务能力上也成为全单位的佼佼者，女孩当然也不甘示弱，也一直紧随男孩的脚步，他们共同努力，但由于是刚刚参加工作，为了避免不必要的影响，他们隐瞒了恋情，但只要下班后他们就拉起彼此的手，享受在一起的快乐时光。很多时候他们仿佛也能隐隐地看见自己的未来，两个人就这样幸福地生活着。后来，单位要选两个人去外地参加一年一度的技能比赛，男孩毫无疑问被选中，女孩心里很希望另一个被选中的是她，但是领导选了另一个女孩，这个女孩他们都认识，也是他们一直的好友。后来，男孩和被选中的女孩随着领导一起去到外地，比赛的前一晚，男孩去那个女孩的房间和她商讨第二天比赛的事情，聊到很晚。突然，那个女孩说，有人敲门，男孩不太相信，但过了很久，男孩也听到了敲门声，于是男孩走去开门，没想到站到门口的是他们的领导和一起来的其他同事。领导看到男孩的那一刻表情很错愕，其他同事也都张大了嘴巴，似乎想说什么却欲言又止。在那个时候，男孩还很单纯，他没有多想什么，后来领导说了一句“到我房间开会，商讨明天事宜”就走开了。

比赛结束后，他回到单位，正打算告诉他心爱的女孩他获得了很好的成绩，却发现女孩不搭理他了，发短讯不回，打电话不接，甚至在单位里碰见也不再看自己。后来他知道原来单位里已经传开了他和那个去外地比赛的女孩被领导看见在一间房间的事情，他们被认定为了一对恋人。男孩知道后用尽一切努力想去和女孩解释，可是女孩根本不给他任何机会，后来男孩去求那个他们共同的好友，让她去和自己的女友澄清这一切，但是那个女孩没有答应。男孩无论怎样努力，女孩根本不再理会，没多久，男孩就发现女孩的身边多了一位男孩子，他们之间是那样亲密，男孩很是气愤，他不知道他到底做错了什么，他更是气愤原来他们之间的爱情是这么不堪一击，他更是伤心女孩是那样不自信，那样不相信自己。但是此刻他看见女孩身边多出了这样一个人，他告诉自己他不想再去努力了，他要放手去祭奠这一分爱情。

说到这里，友人笑了一下，说：你不会觉得这个故事很无聊吧，因为其实也不是什么很凄美的爱情故事。我摇了摇头，听他继续往下诉说：

其实这些年来，我们也找机会见了一次。当然现在的我们都已经有了彼此的家庭，也有了可爱的孩子。我们说到了当年的那件事情，我告诉她事实的真相，她也告诉我当时找了一个替代品只是为了要刺激我让我再去追她，其实她只是不相信她自己，她不相信我们之间的感情。我们相视一笑，后来也不会再去见面，只是各自过着各自的生活。其实我也想过，如果当初那个误会被解开，如果她肯听我解释，如果那个女孩能去和她澄清，现在也许陪在我身边的那个人应该还是她。但有时候人生就是这样，总是出其不意。其实今天我在这里和你诉说自己的故事，已经没有了当年的感情，只是像在讲述一个别人的故事而已。

我看着他，默默地笑了下，其实我知道，他之所以这么说，不是因为他真的忘记了，也不是因为他早已不在乎那个误会，他只是在用自己的方式自我安慰，其实这段感情已经深深刻入了他的生命，这一个误会已经牵绊了他的一生。因为他自己都不知道，这个故事，从我认识他到现在他已经在我面前叙说了三次。而之所以每次当他说起的时候我没有打断他，是因为我知道只有真心爱过，才会这么刻骨铭心，我不忍心去打断一个人回忆那属于自己的美好，那一分曾经真挚的情感。

我不知道如今那个女孩在回忆起这一段曾经属于他们的过去的时候会不会有遗憾，会不会怪自己，会不会恨那个误会，还是说她早已经释怀，她不再去怪任何人，也不再怪自己，她已经看清看淡了这一切，她已经将那个美丽的误会埋入心底，不再和任何人提起。

其实在我们每个人的生命中，或多或少，或大或小都存在着误会，有些已经随着时间的冲刷显现出来，有些我们却依然看不清。人很多时候真的很矛盾，当这些误会来临的时候，我们多希望另一个人能够知道，但当有一天，这些误会真的被一个个解开来，不再有秘密，不再有猜测的时候，我们反而发现自己没有想象中那么坦然了，因为在知道了真相的那一刻我们的心会变得更痛，这一个个误会也许将变为一个个遗憾，伴随着我们的一生。

有些事情，不是真的说开了就可以解决一切的，那些看似让你不解的误会也许恰巧能让你不再那么忧伤，不再遗憾。生命中很多事情仿佛是冥冥之中注定好的，我们所失去的、我们所得到的，就像一个个跳动的音符，它们谱写出了我们这一生的旋律。

人生不可能没有误会，很多的幸福都是和误会擦肩而过，但谁又能保证当误会真的解开的那一天，一切都还如当初那般没有变化呢？

记忆中的篮球场

那一年，她的宿舍门前有一片篮球场，每天不管上课还是下课总是能看到三三两两结伴成行的男生在那片空地上挥洒汗水。她习惯看着窗外，正对着篮球场的窗外。那个时候的她觉得运动起来的男生魅力非凡。

看着看着，她突然发现有那么一个人，被她看进了心底。他高大、帅气，他总是穿很好看的衣服，一下就可以把他从人群中认出来。也许他已经成为众人的焦点，她也只是众人之一，但是她还是一直观察着他，只要有空，她就会在窗口，每到固定的时间她一定会看到不远处他高调而来。她注意到他一直是一个人，一个人来到，一个人打球，再一个人离开。不过从那以后他也一直成为她在窗口的唯一风景。只是她一直藏在心底，没人知道，也没人问起，只知道她有站在窗口看风景的习惯，仅此而已。

看着看着，她就突然对他产生了好奇，她很想知道他是一个有着怎样故事的人，她很想自己什么时候能走进他的世界里，她很想成为他的朋友。但是她一直都只是藏在心底，她听周围的同学也聊起了这个高大的男孩，她知道了他的名字，知道了他上课的位置，知道了原来他已成为好多个女孩心目中的王子，他收到过很多封女孩写去的情书。

曾经多少次在校园里，他们擦肩而过，她偷偷地看着他，心脏紧张地跳动不已，然而他只是昂着头，眼神从来都没在她身上飘过。那个时候她猜想，也许是因为她并不美丽吧。那时候为了不分散学习的精力，妈妈给她剪了男生一样的短发，再架上一副眼镜，连她自己都没有照镜子的勇气。然而她却很珍惜每一次的擦肩而过，因为她知道，那一刻，她是有多么的欣喜。她觉得对于她而言，这就够了。

后来，过了挺长时间，她看到他身边突然多了一个人，她发现他比原来多了很多表情，她发现他会开心地笑，也会霸气地撒娇。那一刻，她从心底里羡慕那个女孩，她是那样轻松地，成功地走入了他的世界里，要知道，这是她曾经梦想了多少次的场景，然而也只是在梦里她才能看到自己和他走在了一起。那个女孩美丽的长发和他英俊的背影，就这样慢慢地消失在她的视线里。从那以后，她在篮球场上很少看到他一个人的身影，从那时起他身边多了一个陪在旁边的伴侣。他也许不知道，其实他早就不是一个人，因为还有一个女孩一直这样默默地在他看不到的角落里陪了他很久很久。

曾经我们都在情窦初开的年代遇见那个让我们第一次心动的人，在那个时候我们也许不懂什么叫爱情，但是我们就是傻傻地每天期盼着能看见那个人，等待在他常出现的地方。我们总是期待对方能给予我们一个眼神、一个微笑，如此简单却都会让我们兴奋不已。我们把这分最初的悸动永远留在了心底，品尝那属于我们自己独享的滋味。也许今天，我们看到曾经的那个人已经早没有了当初的冲动，和那份纯真的情怀，但在记忆中的篮球场上，我们还是能看见自己曾经那样默默无言地注视着一个人，直到他消失在自己的视野里，再也没有回来。

记忆中的篮球场依然健康、活力，充满动感的气息，在每一个夏日的午后，夹杂着人们的汗水和欢快，谱写出只属于你我的美丽篇章。

相见不如怀念

相见不如怀念,这句话相信你我都听过,表面上理解是见了不如不见,见了不如怀念从前。在我们印象中能被怀念的事物总是美好的,如果再见面怕是破坏了原先的美好画面,怕是破坏了彼此心目中那残存的美妙回忆。所以很多时候对于有些人我们宁愿不再见,只想保留最初的那种感觉,而这份感觉也将一直深藏心底,成为自己一个人独享的秘密。

可是有这样一份爱情让我改变了这种传统的观念,让我相信一定不是所有人都是相见不如怀念。这就是爱情的力量,有时候你无法用言语去描述这种感觉,你只是知道,当爱情还在的时候,一切都不曾改变,反而会愈发浓郁,散发出不一般的味道。

她曾经爱上一个她不该爱上的男人,他们彼此相爱,却没有勇气告诉任何人,因为这份爱情从一开始就注定不会被大多数人所看好,注定了不会拥有幸福的结局。原因很简单:男已婚,女单身。在那样的年代,这甚至是遭人唾弃的。

女人很美丽,很善良,也很优秀,即使一直默默无闻,但她依然选择爱上这个男人,深深地爱着。只是这样不被祝福的爱情也很快走到了尽头。女人于是重新开始追寻属于自己的幸福。

男人和女人以为这辈子都不会再见了,可是,生命的年轮却没有就此跨入终点。也许属于这对男女的缘分还没有真正结束,所以在很多年后,一次偶然的机会,他们又见面了,其实对于这样的会面大家都很忐忑，因为每个人都怕再见到的彼此都已不再是当年的模样，怕曾经属于彼此脑海中的那个美丽的念想会破灭。

可是，他们错了，当再见到彼此的那一刻，那份感觉没有消失，那份感觉依然还在。他们依然吸引着对方，不曾改变。

所以他们不再犹豫也不再徘徊，继续一如既往地相爱着。也许你要说，他们一定疯了，故事的结局一定还会是当年的延续，为这样没有结局的爱情还要如此再错一次，太不值得了。但是我在想，很多时候，当生命已经进展到某一个阶段，结局是什么其实已经不是那么的重要了，重要的是我们都还活在当下。

仔细想想，不管你经历过什么，其实在我们每个人的生命中，一定都会有这样一个人，那个人曾经在你的生命里扮演着重要的角色，甚至你一度以为这个人应该可以陪你走完一生，可是在若干年后的某一天，你才发现，那个人早已被你深深埋入心底，你甚至再也不会有任何想见的念头，有些时候，不是我们不想见，而是我们没法战胜心中那个最脆弱的自己罢了。

佛曰：前世 500 次的回眸，才换来今生的擦肩而过，那这一世的相遇需要前世多少次不间断的努力才能实现？我们总觉得时间还很多，总认为今生一定还有机会再见到你想见的那个人，但是人生的相遇始终是减法，见一次少一次。相见不如怀念，在我看来，其实不是不想见，也不是怕见了之后会打破原有的美好，而是怕见了之后会愈发地难以割舍，见了之后会更加深陷其中，见了之后会愈发地期待下一次见面，见了之后会愈发地迷恋。

所以，去见你想见的那个人吧，趁你们还活着，趁你们还年轻，趁你们还依然爱着彼此。

将你的心捧在手心

校园,是一个汲取知识的地方;校园,也是一个产生爱情的地方。多少人在这里相遇,又有多少人在这里离别。但每个人总有那么一段回忆,只属于自己,在很多年过后依然能记起那一分悸动、那一分美丽。

那个时候,男孩充满魅力,才华横溢,获得了许多奖项,是所有女生倾慕的对象。男孩走在校园里总是能惹来无数回眸,老师眼里的男孩更是无比优秀,甚至争相把自己的女儿、朋友介绍给男孩,但是都被男孩委婉地拒绝了。男孩一直是一个非常注重感觉的人,他知道总有一天他会遇到他心中的那个女孩,那个他值得用自己的生命去呵护的女孩。

命运总是会眷顾那些对生命有追求的人,男孩期望的女孩在某一天悄然走入了他的生命中,仿佛一切都是安排好的,有着沁人心扉的美丽。那是一个夏日的午后,在学校的活动结束后,男孩像往常一样走在回家的路上,在过马路的时候他看见了一个女孩正走在马路中央,不知所措,看着疾驰而过的车辆,男孩奔跑过去,拉起女孩的手,一路跑到了马路对面,然后他看清了这个女孩,美丽的面庞,清澈的双眸,粉嫩的嘴唇,飘逸的长发,男孩盯着这张脸看到入神,甚至忘记了松开自己的手。而女孩注视着眼前这个男孩,充满了疑惑,但她还是感谢了他,感谢他解救了自己。

正是那一次的相遇,正是那一次的牵手,将看似没有任何交集的两个人安排在了一起，产生了爱情。爱情总是这样悄然到来，没有任何预兆，也没有任何理由，就这样，他们爱上了彼此。

从此，你会发现，男孩的身边多了这样一位女孩。他们就这样十指相扣着，彼此微笑着走在他们所在城市的每一条大街小巷。男孩深深迷恋着女孩的美，而女孩则倾慕着男孩的才华。他们眼中只看得到彼此，再无他人。男孩用相机记录下了他们一起的点点滴滴，男孩用自己获得的一个又一个荣誉告诉女孩他以后一定可以让她幸福。他还告诉女孩他要让她永远美丽，他要给她买好多漂亮的衣服，好多美丽的饰品，只要她想要的，就算走遍全世界他也会帮她找到。女孩沉浸在男孩这满满的爱中，她就这样享受着、快乐着，骄傲地觉得自己是全世界最幸福的人。

男孩和女孩就这样牵着彼此的手走过了他们生命中的四季年华，他们一起沐浴着春天的阳光，感受着夏天的热情，叹息着秋天的落叶，陶醉着冬日的冰雪。他们永远看不厌彼此，他们感激着生命的美好，感谢着上帝的安排，感叹着彼此就是为对方而生的。他们用自己的心告诉这世间万物，他们要永远在一起，山无棱，天地合，乃敢与君绝。

男孩出生在冬季，所以对冬季有着别样的情怀。他喜欢冬日里天空仿佛都被大地照亮的感觉，他喜欢积雪在自己手里被捏出那一个个灵动的生命的景象，他更喜欢每一个冬季都有女孩陪伴的身影。

这一天，男孩问女孩："你想看见我的心吗？"女孩说道："你傻啊，我能感觉到就可以啦，我可以凭感觉勾勒出它的模样。"男孩笑道："我现在决定把我的心送给你，让你真真切切感受到。"男孩命令女孩闭上双眼。大约过了 10 分钟光景，女孩被要求睁开双眼，然后映入女孩眼帘的是一颗用雪捏出来的心，就这样静静地呆在自己的手心。女孩看着那颗心，是那样完整，那样耀眼，闪出钻石般的光芒。后来，女孩回家的途中也一直捧着这颗心，她落泪了，她不知道自己是有什么样的福分能得到这个男孩，能这样被疼惜。她看着这颗心，她牢牢地把它捧在手心，她亲吻起了它，并将它永远记入了心底，仿佛那一刻这颗心已经顺着自己的皮肤划入了自己的心间，和自己那颗心紧紧联系在了一起，再也没有任何力量可以分开。

故事中的男孩、女孩是我最好的朋友，只是看到这里也许不会有人想到，其实他们的爱情早已走到了尽头。如今拿出来和大家分享，只是为了祭奠那分最纯真、最简单的爱情。那个时候什么都没有，却可以爱得如此真，那个时候什么都没有，却可以爱得不顾一切。可如今，金钱有了，地位有了，当我们拥有的东西越来越多的时候，爱情却变得不再那么简单了，仿佛拥有一份纯真的爱情成为了众人望尘莫及的奢侈品，这分人类最原始的情感在如今却变得弥足珍贵起来。

有些时候，我们总以为，那些深深爱着的人们一定可以拥有完美的人生，一定可以拥有美丽的结局。可是到头来却发现，我们眼里曾经无比羡慕的那些人、那些事，在某一天也终究会燃烧殆尽，成为一个个遗憾，不再拥有曾经耀眼的光辉，有的只是被泪水掩埋的苦楚。

生命中，总有那样一些人，那样一些感动，深深地印在我们的心底。爱情从来没有贵贱，两个再普通的人也能拥有震撼人心的爱情。如果你也深深爱过，如果有一个人也曾那样将自己的心完全交给你，请你牢牢抓住，留住那一分美丽，记住那一分感动，然后就这样十指相扣、不离不弃走完这一生。

有一种爱能够震慑天地

曾经看过一个纪录片，讲述的是一对很清贫的夫妻，丈夫偷渡去日本打工，妻子留在国内，两个人十多年都没有见过一面，这么苦都是为了改变孩子的命运——供在美国的女儿读书。女儿要毕业了，妻子要去美国看女儿，去美国之前先去日本见老公，这是他们十多年来的第一次会面。纪录片便是跟随着这个镜头去展开了一系列报道。片子拍得非常好，尤其拍到妻子见到老公时候的那个场面，妻子来到老公住的地方，住所小而破陋，看到丈夫原来一直这么苦地生活，看到丈夫老去的容颜，眼里泛满泪花；丈夫在一个小得不能再小的灶台前为妻子准备晚餐，那一刻真的没有语言能够表达，只会让你潸然泪下。十多年，对于任何一对夫妻，简直就是不可思议的，如果是我我一定做不到。对于妻子，一个女人，孤独地守候着丈夫不在的空房，过着清苦节约的生活，没有丈夫的温暖、关怀，一个人就这么任时光流逝，任容颜老去；对于丈夫，一个人不间断地从早到晚打工，无怨无悔，从来没有感叹过社会的不公，从未抱怨过人生的不幸，依然在坚持自己的梦想，依然在为女儿的明天隐忍常人无法忍受的痛苦。最后他们这分努力没有白费，女儿在美国拿到了毕业证书，并且在美国一家很好的医院留了下来。此后丈夫才踏上回国的旅程，一路上沉默、无言，只是眼泪止不住地流。

这个世界上最伟大、最能震慑人心的、最不计任何回报的、最无条件付出的恐怕就是父母的爱了。这世界上很多人，家庭出身有别，经济条件有别，生活环境有别，唯有父母对孩子的爱是一致的。无论出身多么低微、贫寒，总会有伟大的父母不遗余力地给予他们能给的全部的爱。

看到过很多贫苦家庭出身的孩子，他们穿着廉价的衣服，脸上也尽是脏污，但是他们看父母的眼神永远充满了膜拜，在他们心目中，父母就是他们所有的依靠，父母就是他们最大的港湾。

我们不能以金钱、地位、财富来将人分为三六九等，因为，在爱面前一切平等。如果父母为我们可以舍弃自己的人生，放弃自己的幸福生活，我们有什么理由去羡慕别人，因为我们已经拥有世界上最宝贵的财富。

有时候看到很多人长大后和父母有隔阂，越长大越嫌父母烦，真的是很痛心。当我们已经从咿呀学语的婴儿成长为可以独当一面的成人时，我们是否已忘记父母曾经将我们抱在手里风里来雨里去的画面，我们是否已忘记父母对我们寸步不离、无所畏惧去保护我们的场面。如果我们还没忘记，那么我们该好好去爱护我们的父母，因为他们的前半生是为我们付出，我们需要为他们的下半生负责。

总有一天你也会为人父母，总有一天你也会为孩子付出所有爱。让我们珍惜当下，让我们用全力去爱我们的父母！

被恶魔侵蚀的灵魂

佛曰:相由心生。一个人拥有怎样的面容取决于他有着怎样的灵魂。内心纯洁善良的人面容通常是慈善的,是舒展的,是和睦的。而拥有肮脏的灵魂的人的眼神会透露出黑暗的光芒,他们嘴角扬起的时候都让你打寒战,他们拥有着被恶魔侵蚀的灵魂。

常常看到骇人听闻的新闻:一个高中生因为不满父母的唠叨就将父母全部杀死;一个被爱情伤害的男人因为愤怒将自己女友杀害;一个儿子为了房产问题亲手将自己父亲杀死;一个因为和某个同学有矛盾冲突的学生为了泄愤,将自己寝室的同学全部毒死。

太多这样的新闻,在这里写下来都觉得毛骨悚然,一直不能理解人在什么样的时刻会有这种极端的行为,一直不能明白人为什么会伤害自己的亲人、爱人、身边无辜的人。如今终于明白这一切都是源于仇恨。仇恨,这个恶魔具有无与伦比的魔力,大到可以侵蚀你的灵魂,让你从头到尾脱胎换骨。所以你会发现平常看起来温顺本分的一个人会在某一天做出你意想不到的事情,在那一刻他们也许自己都看不清自己。

仇恨,它会让你变得不理智。一个被仇恨冲昏头脑的人就像服下了一颗毒药,这颗药将他的整颗心熏黑。曾经的亲朋挚爱都会在这一瞬间化为敌人,曾经赤忱热烈的心都在这一刻淹没沉沦。你的心中住进了一个恶魔,它指挥着你去做着与善良背道而驰的事情,他引领着你走入深不见底的深渊。

仇恨，它会让你变得无比疯狂。你会发现你没法控制自己，你会发现你身后有无形的手，你耳边有无数个声音在推动着你去做那些和道德背道而驰的事，你浑身无力，甚至连一点反抗的勇气都没有，你就这样被推动着，做出那些以后会让你后悔莫及的举动。

仇恨，它会让你迷失自己。整个人就像脱胎换骨一般，你的整个人从面孔到每一寸皮肤、每一个毛孔都在发生着惊人的变化，你整个人就像被重新撕裂开再组合起来那般疼痛，伤残。你会发现镜子前的自己已经变成一副全新的模样。

当你心中仇恨的怒火被点燃后，你会做出许多你自己都意想不到的事情，等到这怒火被浇灭，等到这个恶魔逃离你的身体的那一刻，你才会发现你所做的一切是多么触目惊心，你也会为你的行为感到后悔，但你自己也说不清楚为什么要那么做，你留下了后悔的眼泪，你发出了忏悔的声音。但是，一切都已经迟了，你不仅没法挽回，还要为你的行为付出惨痛无比的代价。

仇恨，是万恶之源，仇恨会改变我们本来的面目，会让我们的面容变得无比狰狞，会让我们丧失人的本性，它是恶魔之光，照射进我们的心灵。我们原本拥有的灵魂是那样纯净，那样自然，如果我们的内心多一些宽容，多一些坦然，也许仇恨之火就不会有机会被点燃，也许那些恶魔就没有任何机会去侵蚀我们的灵魂。

世界万物，有因必有果，善有善报，恶有恶报，不是不报，时候未到。从善是一种美德，从善是一种大爱。愿你我都能长出慈爱的面容，愿世界真的太平安定。

等　　待

等待，从我们来到这个世界起就注定要伴随着我们一生，我们想避免却无时无刻不面临等待。我们等一辆车，等一个红绿灯，等着白天黑昼，等着长大，等着一个人，等着幸福悄悄降临到我们身边。

爱情里，我们更是经历无数的等待。从等待你来到的那一刻开始，我们便已做好将等待进行到底的准备。好不容易在茫茫人海遇见你，你却告诉我你并不爱我，于是我不计一切代价对你好，我一直等待，等待着你爱上我的那一天；分隔在这个地球的两端，我一直在等待，等待着你的消息，我一直将手机放在视线范围内，一直在等待它亮起的那一刻，一直在等待着你的声音在耳边出现的那一刻；你说你即将远行，我则一直在这里等待，等待你归来的那一天；你说你的心早已经容不下任何爱情，我则静静地等待，等待你内心的忧伤被时间冲刷掉的那一刻；你说你现在不能给我灿烂辉煌的明天，我则无怨无悔地等待，等待你实现梦想的那一天，等待你大胆牵起我的手，将只属于你我的幸福展现在众人面前的那一天。

我们惧怕等待，我们却又时刻面临等待。等待的滋味是苦楚的，就像是你一口气喝下一杯浓浓的苦咖啡，入口后从舌苔一直沉入心底，然后在心底来回翻滚，甚至会想呕吐出来，但是发现它早已深入到和你整个内脏融为一体，而所有我们所能做的只是将它默默隐藏在心底，个中滋味只有自己才能体会。于是我们在这样一个又一个苦楚的等待中度过漫长的时光，于是我们已经慢慢习惯了等待。

等待的心情是焦虑的。我们不知道这样无边漫长的等待到底还要经历多久的时光，我们不知道什么时候会有一个清楚的结果，哪怕是让我们痛彻心扉的结果，我们也很想知道。我们想确定我们所爱的那个人，那个愿意花一生的时间去等待的那个人到底有怎么样的想法，是否也和我们有一样的情绪，是否如我爱你般深深地爱我。我们急于看到结果，但是发现无论怎么努力，我们也无法逾越这道鸿沟，只有耐心地等在这里，逃不过也离不开这一个过程。

等待是因为对你抱着一丝期望，愿意相信也许有那么一天、那么一刻你会看到我这番煞费苦心且执着的等待，是为了让你知道只有你才配得上我这样无怨无悔的守候，是为了有一天真的能感动你，是为了牵起你的手，是为了牢牢地抓住你——我生命中爱上的那个人，我认定要一生厮守的那个人。

等待是有期限的，即使我们努力想让等你的时间无限加长，但是我们只有这一生的时光，只有这么几十年的光阴，也许等到我们白发苍苍，躺在床上再无力去等待的那天，我们闭上了双眼，带着滑落在眼角的泪珠，只想告诉你：我这一生等得好辛苦，我这一生等得好心痛，我这一生就为了你的一个点头、一个微笑耗尽了我一生的时光，而你，知道吗？

如果可以，请不要让你爱的那个人永远孤独地屹立在风中为你守候，请不要让他们永远在漫长的等待中落泪，直到他们再也流不出一滴泪。

用生命去换取另一个自己

看过一篇报道,说的是一位患了某种疾病绝对不可以生小孩的妈妈不顾家人的反对执意以放弃自己生命为代价生下腹中的宝宝,最后在产下孩子的那一刻自己却永远地离开了这个世界。在整个孕期她录制了很多视频,记下了从孩子出生到孩子 18 岁她自己想对孩子说的话。当时这件事情感动了医院里的每一个人,而给她接生的医生和护士都是含着泪完成了这一次手术。

看完这个报道后,我沉静了很久。首先我在想,如果我是这个女人,我会怎么做,是如她一样舍弃自己的生命保全另外一个生命,还是为了自己能够再多些时间去看看这个世界而永远地放弃另一个生命。我想这对于任何一个女人来说,都将是一次艰难的选择,但我也相信,对于大部分女人来说,一定会毫不迟疑地选择前者,选择将希望永远地给予我们体内那个鲜活的、跳动的、幼小的生命。在做完这个决定后,所有女人在那一刻都已经忘记了自己,只知道竭尽全力去保护这个生命;所有女人在那一刻都变得异常伟大,因为我们成为了生命的创造者;所有女人在那一刻都变得格外陶醉,沉迷在对这个生命的无限期待中。

报道中没有提及这个女人给她的孩子录制的视频中的内容,于是我只好自己去猜测。我想,她第一次录的那段视频一定特别艰难,一定是几度哽咽的,因为每一个女人最幸福的那刻就是第一眼看到自己孩子的瞬间,那种感觉只有经历过才会深有感悟。你看着这个小生命，红红的身体，稚嫩的小手，可爱的五官，甚至每一声啼哭都会让你心碎，你将这个生命如珍宝般捧在手心，你会发现所有的疼痛都在那一瞬间灰飞烟灭，留下的只是满满的幸福和感动的泪水。而这个女人，她没有等到这一刻，她只是用自己的想象勾画着这一切，我想她一定会告诉她的孩子，她是多么想看着他，亲亲他的脸蛋，摸摸他的小手，然后再将他抱在胸怀，抚慰他的每一声啼哭，唱着歌曲哄他入睡。她一定想告诉他她是多么欣喜能够带给他生命，她希望他知道自己有多爱他，而他要承载着自己的希望快乐地活着。我想，在录完这一段视频后，她一定在脑海里形成了他的轮廓，在她看来他一定也长着和自己一样的大眼睛，一定也继承着丈夫高挺的鼻梁，还有自己那红润的嘴唇。他是丈夫和自己爱情的结晶，是一种见证，更是一种鼓舞。

我想，这个女人一定可以清晰地想象有一天这个宝贝开始咿呀学语，开始学会爬行，开始学步，开始拥有自己的思维，开始认得谁是自己的家人。那个时候她一定会和自己的宝贝说些也许在他那个年纪还听不懂却非常有用的话。她一定是想告诉他，从现在开始，他已经逐渐步入了一个崭新的阶段，他已经在学习作为人类最基本的技能，他已经开始用自己还不是很清晰的思维感知着这个世界，也许此时的他对他眼里看到的一切觉得新鲜并充满好奇，每次出去他都东张西望，他对这个世界好像看不够，更读不懂。而此刻她只是想告诉他一切才刚刚开始，随着岁月的脚步，他一定可以慢慢对这个世界有着自己的感悟，现在他需要做的只是不断地吸收，吸收这个世界带给他的能量，吸收所有人对他的爱，快乐无忧地度过每一天的时光。

录完最后一段视频的时候我觉得女人一定会长长地舒了一口气，仿佛她真的已经陪着自己的宝贝度过了 18 年的光景，一直看到他长大成人。这个时候的他已经完全形成了自己的人生观、价值观；他已经可以对自己说出的每一句话，做出的每一件事情负责；他已经可以独立去面对这个世界；他有着自己的梦想，清楚地知道自己的每一个决定意味着什么，甚至他可能已经收获了自己的第一份爱情，他感受着更多的情感，他体会着更多的生命。在此刻，女人已经可以放心地松开手，让他按照自己的梦想一路前行，但是不管他去到何处，女人都会一直是他最坚强的后盾，无论他遇到任何困难，家永远都是他最温馨的港湾。

生命一直被讴歌为我们最宝贵的东西，失去了生命我们就失去了一切。我们拥有再多的财富、再多的声望，没有生命的前提这一切都将变得不堪一击，化为乌有。人活着，才能拥有获得这一切的能力。如果有一天，我们连自己的生命都不要了，不在乎了，一定是有一种强有力的力量在支撑着我们，它强大到无所畏惧，强大到坚不可摧，而这种力量就是无怨无悔的爱。

我想，这个女人在离开人世的时候，一定是面带笑容的，一定也是无比安详的。因为她知道她其实并没有离开这个世界，她只是将自己的生命延续在另一个生命中，她这一生未曾看够的世界，未曾实现的梦想，未曾完成的心愿都将承载在这个新的生命中，在这片广袤大地上生根发芽。她更是清楚地看到这个新的生命其实就是另一个自己啊！

CHAPTER 4　如果你也经历过爱情

爱情是什么，婚姻又是什么？这个世界上有很多东西都可以用理论来解释，然而爱情却始终没有一个标准的定义。每个人对爱情的理解也千差万别，但是我们唯一可以肯定的就是，爱情，它牢牢地抓住过你的内心，让你为之疯狂却又难以释怀。

爱的承诺

鲁豫和前男友相恋了六年，前男友都没有娶她的意思。于是她选择结束六年的感情。当她遇到现在的老公时，见第一面时，鲁豫说她想结婚了。她老公只是笑了笑，在一起吃了顿饭，很开心，第二天各自回家告诉父母，一周后他们就订婚了，两周后他们结婚了。现在他们有一个三岁的儿子很幸福也很甜蜜。

这是偶然看到的一段文字。看完后我思考了很久。除了感叹鲁豫终于找到了她要的幸福之外，也深深地感觉到一股悲凉。每个人都有过刻骨铭心的爱情，但那样的爱情真的都陪我们走到最后了吗？也许很多人原本设想的结婚对象最终都没有真的牵着你的手走到最后，也许最终真的和你走入婚姻殿堂的那个人其实并不是你心中最爱的那个人。

每个女人，在爱情中一定听过无数的承诺。那个曾经和你许过无数山盟海誓，爱到轰轰烈烈、不顾一切的男人，那个让你迷恋到无法自拔，愿意把自己整颗心都呈现在你面前的那个男人，给你许下了很多诺言，他告诉你他这一生只爱你，爱上你的每一寸肌肤，爱上你的每一个表情，会用尽一切努力去满足你的每一个心愿，然而当你真的想结婚了，想和他步入婚姻的殿堂，相守到老时，他却退却了，他找出了无数的理由来告诉你他现在唯一不可以给你的就是婚姻的承诺，其他的他都可以给你。你在一次次的伤心和失望中告诉自己也许他只是需要时间，也许你只能选择等待。

然而无论哪个女人，在时间面前终将被击败。你看着自己逐渐失去活力的容颜，你发现你开始惧怕无止境的等待。你发现很多时候那个看似很不起眼的红本子，在你眼中此刻却已胜过一切。现在的你们即使还拥有着和原先一样的爱情，你却发现你已开始恐慌，于是你怀疑那个男人对你的爱情，你们这些年看似震彻心扉的爱情，却始终得不到终极承诺，你开始恐慌，你不知道眼前的这个男人是否真的如他所说的那般爱你。虽然你真的很舍不得那份恋情，舍不得那一分感觉，但是你还是决定选择离开。你不想继续在这样的漫长的等待中耗尽你一生的时光，你不想每天伴随着你的痛苦和失望难以入眠。

在此后的很长一段时间，你不再相信爱情。你感觉自己已经没有力气再去经营爱情，你实在是不能理解为什么一个口口声声说爱你的人却给不了你一个婚姻的承诺。你只是想拥有一个真正的家，一个只有你和他的家。

我总觉得，家的概念于女人而言是远远大于对一个男人的意义的。有的时候那本小小的红本子恰恰是女人最期待的承诺。如果一个男人真心爱着这个女人，他应该可以听见她内心的声音。我看到过很多人的爱情，没有轰轰烈烈的誓言，没有山盟海誓的约定，没有激情燃烧的岁月，只是这样静静地牵起彼此的手，然后顺理成章地走入了婚姻的殿堂。可是我也看到一些人，那么相爱，拥有令人羡慕和感动的爱情，却走不到最后。

每一个在爱情中给过女人承诺的男人，其实很多时候并不是真的了解女人：爱上你，其实就已经无怨无悔，无论你会变得贫穷或是富有，都不会成为女人变化的理由，只是每一个女人最期待的还是那个一生的相守，如果你真心爱她，就请在她想结婚的时候为她实现这个她最需要的承诺。

如果一个男人真心爱你，他不会不想娶你；如果一个男人真心爱你，他不可能让你伤心，因为他会比你自己更心疼你。

爱情的砝码

爱一个人需要理由吗？答案我们早已如雷贯耳，显然是不需要的，爱情被提升到一个至高无上的地位上，爱情怎么会需要理由呢？爱就是爱了，是无条件的爱，是不顾一切的爱，自然是不需要理由的。然而现在这个年代，当今这个社会你还敢说爱情是不需要理由的吗？

现在的爱情太需要理由了。对于男人来说，眼前的这个女人不美丽，不智慧，不知书达理，不能自力更生，不尊老爱幼，不善良大方，你还敢轻易地说你会爱上她吗？对于女人来说，面前的这个男人不富有，无思想，邋遢，死板，丑陋，粗暴，你还会无怨无悔对他投怀送抱吗？

如今我们给对方加了很多我们自己限定的条件，而这些都成为爱情的砝码，加大了我们在爱情里生存的负重。符合我的条件，我才有可能去爱你，如果和我所限定的条件均不符合，我可能迟早会让你出局。爱情被一个个条件限定着，约束着，它早已失去了原先纯粹的模样，爱情似乎在这一刻被包裹起一层又一层厚厚的行装，来满足人们的需要，而爱情本身却早已被埋没在最里面，有时候甚至都没办法呼吸。这样的爱情还能称之为爱情吗？

如果我一无所有，如果只是我这个人，这个本身的我，你还会爱我吗？不管我是丑陋、罪恶、贫穷还是无能，你都会一心一意、毫无怨言、一如既往地爱我，对我不离不弃，爱我直至我的每一寸肌肤吗？也许一切只是自己的臆想，也许一切在你们看来会是那样单纯可笑，但这不也就是最初的爱情吗？我总以为，人和人之间是有磁场的，人们被共同的磁场吸引着，就这样相遇，自然而然地牵手，也许只因为一个眼神，也许只因为你的一个微笑，也许什么都不为，只是看到你，那一刻仿佛就看到永远。

爱情的砝码不仅加重了爱情的重量，也加重了我们心灵的负担。我爱上你，因为种种我认定的理由，可是我怕有一天，这一切都消失的那一天，对我而言，你只剩下那一具无用的躯壳，我不知道我还会不会有勇气再面对你，我不知道那一刻的我该如何说服我自己，我享受着我爱的你的这些条件，然而我每天都很惶恐，因为我发现我爱上的只是你的这些条件，我发现我不能接受一个没有这些华丽包装的你，这么赤裸裸地站在我面前，那个时候我已经没法去爱你。

爱情的砝码让我们迷失，曲解了爱情的本意。爱情原本就是简单，纯粹，不带任何色彩的，它是你初次见面时的怦然心跳，它是你说话时的语无伦次，它是你紧张时的手忙脚乱，它就这样悄然地进入你的生活，不张扬，不喧闹，静静植入你的内心。

如果可以，让我们逐渐丢掉爱情的砝码，让我们慢慢给爱情减轻压力，让我们闭上眼睛，让我们仔细听听彼此的内心，让我们去感受那份最原始的悸动，让我们可以爱得更加纯粹，更加长久，让我们共同演奏出最动人的乐曲，让我们共同牵着彼此的手，多一些宽容，多一些感激，少一点要求，让我们深情地望着对方的眼睛，让我们互相诉说：我爱你，不需要理由；我爱你，无论你有怎样的变化；我爱你，只因这个人是你，我就这样爱上了，直至终老，此生无憾。

当我想你的时候

“至少有 10 年我不曾落泪，至少有 10 首歌给我安慰，可现在我会莫名的哭泣，当我想你的时候。”电台那头传来汪峰的这首《当我想你的时候》，伴随着音乐的旋律，心中不免感伤起来。

当我想你的时候，我不想落泪。思念一个人是很痛苦的，脑海里浮现的不计其数的画面，你的脸，你的身体，你的一切仿佛触手可及，然而晃过神来却已消失不见。

当我想你的时候，我无力反抗。你就像席卷全城的台风般将我紧紧包住，让我迷失方向，我逃脱不了也挣脱不开。

当我想你的时候，我迷失自我。我在梦里一遍又一遍寻找和你一起的场景，然而我发现我从这里穿越到那里，却永远没法在一个方向定格。我找不到停留的方向。

我一路走来，跌跌撞撞，坎坷万分，我已无力再去感受爱情。我忙碌奔波，用各种事情来填满自己的大脑，不想留下任何空间，我怕想起你，我怕把自己留在自己孤独的夜里，我甚至怕自己有任何清醒的时候，我用酒精去麻痹自己，我竭尽一切努力去忘记你，不让你再占据我的思绪。

然而有一天当我再遇见你，只记得那一天的天很蓝，知了在树上愉悦地歌唱，风轻轻地吹，你那一头长发在风中飘舞，那一刻思绪万千，你依旧美丽非凡，清澈的眼神依然折射你善良的心灵。相视一笑后我才发现我做的一切都是徒劳，我那么努力，我以为我可以忘记你，我以为我不会再为你哭泣，然而再见到你的那一刻一切都瓦解了。这么多年的伤痕依然鲜活地展现出它本来的面目。我们并没有太多的言语，你只是问了一句：“你还好吗？”我咬咬牙，心中默念：我不好，我真的很想你。

转过身的一刹那我哭了，多少年来泪水早已被我埋没在心中最深的那块田地，我几乎已经忘记我还会哭泣，然而这次和你的会面就像是一波洪水将我心底所有的底线全部摧毁。我再也忍不住多年来压抑的一切。我再也不想控制对你的思念。这一刻我已泪流满面。

我不知道你是不是也在听着这样一首歌，我不知道今天的你还会不会想起昨天的我，我不知道这一刻你是否也和我一样，眼里泛满爱的泪花。只因曾经爱过，只因记忆里樱花依然绚烂，天空依然明朗，划过一片爱的流星。

你，还好吗？

对不起，我不爱你了

某日，一位好友哭啼着和我诉说她的感情已经彻底结束，多年的甜蜜，争吵，快乐，悲伤，都在她那位男友的一句"对不起，我不爱你了"之后结束了。

恋爱中的情侣也许很多都逃不过分手的结局。分手的理由有很多种，但我始终认为最残酷的就是这句：对不起，我不爱你了。

都说爱上一个人只需要几秒钟，然而忘记一个人却需要一生一世。爱究竟是什么呢？怎么会爱了之后又不爱了呢？难道爱只是一种感觉，一种转瞬即逝的感觉，也许这一秒我还爱着你，下一秒我却发现这种感觉已经找不到了。那这样爱情是多么令人忧伤啊，原来爱情具有这么大的不确定性，原来爱上一个人之后又可以轻易地就说不爱她，原来爱情不如想象中那样唯美。真的有点搞不懂爱情了。

我想，和所有动物相比，人类应该是最感性的高级物种了，所以人类的情感是最丰富的。爱情，也是只有人类才会享有的福利。我们爱上一个人，我们一定是被这个人的某种特质所吸引，我们欣赏他，我们想拥有他。渐渐地我们历经岁月，我们携手共度，我们感受快乐，我们也经历争吵，然后我们慢慢发现，原来彼此有太多不同的追求，原来我们之间隔着很大的距离，原来我们之间最后剩下的除了争吵，一无所有，然后我们便开始准备逃离，我们开始找各种理由各奔东西，最后我们发现，最有用最奏效的理由便是"我不爱你了"。

这一句话就像几千把刀插入心里，这是对一切爱的过去的抹杀，这是一个让人无力反抗的绝招。既然不爱，就没有在一起的必要，既然不爱，就不再需要考虑你的忧伤。

我爱你，如果我们有说出它的勇气，我们就要有能力去承担这一份爱的信守、爱的承诺，没有一对恋人在一开始相识时就说出爱的，最初只是喜欢，如果真的已经爱了，那就请好好珍惜。如果可以对自己说出的爱负责，就坚持到底。如果最后真的没办法，不得不把过去的一切都抛入云霄，那么请不要说这句：对不起，我不爱你了。哪怕在最后只做一次为爱的伪装，就当是对曾经那份爱的祭奠。

今天的你也许明天还会爱上别的那个他，但是请慎用这一句“我不爱你了”，世上理由有千万种，但请别轻易用这一句。就当为你曾经的爱做出最后的一丝奉献。

“狠爱你”

恋爱中的女人常常喜欢撒着娇对恋人问起的一句话:你有多爱我?然后便目不转睛地盯着她心目中那个打败全天下的男人,满心期待地等待着答案。这个时候男人通常绞尽脑汁,希望可以给到他的宝贝最满意的答复,所以便出现这些诸如“衣带渐宽终不悔,为伊消得人憔悴”,“记得绿罗裙,处处怜芳草”的诗句。我们不是诗人,所以可能无法都能想到如诗般的句子,普通人的爱情箴言往往是最简单、最质朴的表述。在这些简单的表述中我独爱的是“狠爱你”。

“狠爱你”爱出了一种霸气。像是一股强大的力量,像是在和全天下诏告,像是用尽了全身的力气,从心底发出的歇斯底里般的呐喊。这样的爱情像是一股浓烈的酒香环绕四周,让你沉浸其中,让你感受爱的怀抱。你可以无所畏惧,可以所向披靡。没有一个女人不向往这样有力的爱情。它像是永不熄灭的烈火一样熊熊燃烧,炙热且热烈。

“狠爱你”爱出了一种坚定。不是蜻蜓点水般的爱,不是浮云掠过的境地,不是昙花一现的瞬间,不是随便敷衍的欺骗,是下了很大的决定,拥有了坚持到底的信念。这样的爱是被小心翼翼捧在手心的,是誓死不变的誓言,是忠贞不贰的信心。你信或者不信,你存在或者离开,它一直就在那里,不偏不离。

“狠爱你”爱出了一种勇气。不是所有人都有这样的勇气去毫无保留地去爱,不是所有人都有这样的毅力去用尽全力保护自己的爱人,不是所有人都能够放下一切毫无顾忌地爱。一切只因爱,一切只因那一分不变的执着和信念。

一位友人告诉我他的爱人有多么离不开他,多么爱他,是狠狠爱的表现。他的爱人说她其实早已不喜欢这个男人,但是每一次离开时这个男人都告诉她他是用生命在爱她的,并且每一次都狠狠划开自己的手臂,看着滚滚流淌的血液,她一次一次心软,留在了这个男人的身边。我听完后不禁诧然,陷入沉思,久久不能回过神来。每每看到这样的爱情,心里就很痛心,我总认为这样的爱情误入了极大的歧途,我总感觉我在这样的爱情中闻到了血腥的味道,还有疤痕的印记。这种以伤害自己为爱的筹码的爱情我是无论如何也不可能允许它进入“狠爱你”的范畴的,在我看来这已经连爱情都算不上了。这已恶劣地演变为一种残害,它将原本圆满的爱情撕碎,留在风中的只有残留的碎片,每一片都是那样触目惊心,看得人胆战心惊。

“狠爱你”是建立在不伤害自己的前提下去呵护和爱护自己的爱人。一个连自己都不会爱护的人永远不可能有能力和资格去爱别人。如果你也被人“狠狠”爱过,如果你正在体验“狠狠爱”,恭喜你,你已拥有这个世界上万人期待的幸福。

婚姻与爱情

在我这个年纪，身边的大部分人都已经结婚了，于是大家在出来聚会时避免不了的话题便是婚姻与爱情。有人说，婚姻见证了爱情；也有人说，婚姻改变了爱情；更有人说，婚姻磨灭了爱情。爱情和婚姻到底有着怎样的关系，是爱情产生了婚姻，还是婚姻造就了爱情；是爱情改变着婚姻，还是婚姻埋葬了爱情。仿佛爱情一旦披上婚姻的外衣则展现给所有人另一番模样，从外而内都给你耳目一新的感觉。爱情在婚姻这个绚丽的包装下显得不那么明显了。所以常常听到有人抱怨，结婚以后面对每天的柴米油盐，早已对生活丧失了兴趣，更无力去谈及爱情了。爱情，仿佛随着婚姻的步伐声离我们越来越远。

不只一次地在思考爱情和婚姻究竟有什么区别。愿得一人心，白首不相离。我们相爱，选择走入婚姻的殿堂，初期应该为的就是这个美好的设想吧。我们期待着将爱情转换成永恒，我们期待着世人感受着我们的幸福，所以我们选择了婚姻。然后在岁月的流淌中，在生活的磨砺中我们渐渐发现，原来爱情和婚姻有着那么多不同，原来我们对婚姻的设想已变得那么渺小，渺小到我们都已记不清自己曾经在心中有过这样的念想。

婚姻有证件去约束，而爱情没有；婚姻是你不脱离社会的一种必要，但爱情不在乎舆论；婚姻需要付出和给予，但爱情只会让你享受；婚姻最终的结局都将平淡如水，但爱情却可以一直让你内心澎湃；婚姻是你展现给别人的幸福，而爱情则是沉入你心底，只有自己才能触碰到的世界。

所以慢慢你才发现，其实爱情和婚姻根本就是两码事。你可以看到没有婚姻却爱到海枯石烂，如痴如醉的眷侣；你也可以看到拥有婚姻却形同陌路，天各一方的夫妻。于是在你眼中，爱情其实已彻底和婚姻分开了。你会为你曾经的想法感到幼稚可笑，你甚至觉得自己之前是多么的天真，以为拥有了婚姻就是拥有了全天下最美好的爱情，以为对于爱情来说最大的幸福就是包裹上婚姻的嫁衣。

你感到灰心丧气，你不明白为什么爱这个原本那么美好的事物，在婚姻的包围下变得那么复杂，你不明白为什么你的双眼模糊了，仿佛还有很多东西你都看不清，仿佛还有很多道理你没法理解。你看着身边进入婚姻后一个个愤怒的灵魂，你在那一刻，那一瞬间，突然变得惧怕起婚姻。你宁愿一辈子只是沉浸在爱情中，这样状态的自己才会感觉到舒服，没有压力。我想这也是现在很多人并不那么在乎选择婚姻作为爱情最终的结局的原因吧，当然这一切只是我的猜想罢了。

其实，完美的婚姻在我们这个社会还是存在的，却不是每个人都能拥有的。完美的婚姻需要靠夫妻双方共同的修炼，共同在思想上提升，共同进步，互相慰藉，读懂彼此的心。然后你们便能发现在某一天你们已将爱情和婚姻这两样东西融为一体，于是你们就真的可以相濡以沫，执子之手，与子偕老，陪伴彼此度过人生中最美好的年华。

愿你也能找到这样的人，愿你也能看到你的婚姻和你的爱情融合在一起，发出无比灿烂的光芒！

记住和你在一起的感觉

恋爱中，我们常常听对方说，很喜欢和你在一起的感觉。而“感觉”这个词，在爱情中显得如此抽象，可能只有当事双方才能深切地体会到，那一分他们内心最深处的触动。

不是每个人都会让你有这样一份奇妙的感受的，对一个人有感觉首先是因为你们找到了彼此的共同点。你爱上你们在一起的感觉，你发现你们在一起的时候那些之前看似没有变化的事物都发生了微妙的改变，你发现你的视野更开阔了，你发现你看到的美景也更多了。你发现那些原先在你眼中只有你自己才能感受到的生命，触碰到的灵魂，在此刻，有另一个人告诉你，他也看到并深切地感受着你眼中的这一切，你喜欢的，你欣赏的，你讨厌的，你摒弃的，他也有着同样的感受，那一刻，你会发现，你心中所有的这一切仿佛也装在你面前的这个人的心里。你发现你好像是一个在这个城市中飘荡了很久的孤灵，然后在这一天终于找到了你的同类，于是你变得惊喜不已，因为他能清楚地听见你内心的每一个声音，你发现你和他有着好多共同的话题，你发现你们虽然见面没有多久却仿佛已经相识了一个世纪，你们之间没有任何拘束，没有任何不自在，你们有好多话想和对方说，有好多快乐想和对方分享。

你会发现你们在一起的时候总是很舒服。你们之间的每一次牵手，每一次拥抱，每一次接吻都是那样自然，你会发现那种感觉都是你们彼此想要的，你渴望激烈的拥吻，他绝不会给你蜻蜓点水似的敷衍；

你渴望十指相扣的温度，他绝不会只是轻轻地牵起你的手。你发现，你们之间，即使不需要任何语言的交流，也一样可以达到你内心所期望的。你发现，你们在一起的每一刻都是那样放松惬意，没有任何压力，没有任何不适，你甚至一度在想，也许你们就真的是为对方而生的，你们之间切合得如此天衣无缝，你们天生就是一体的。

紧接着你会发现你们在彼此眼中都是如此特别的人。你欣赏他的才华，迷恋他的肩膀，他也垂涎你的美丽，惊叹你的聪慧。你将他认定为这辈子都不可能放手的人，他也早已将你放在心中最重要的位置，你们在彼此心中都变得无可取代，你们发现彼此都有着别样的魅力，你们吸引着彼此，将两颗心紧密地联系在一起。你们陶醉在拥有彼此的每一天，你们都能感觉到有一种力量让你们每天都是如此有活力，让你们每天都喜悦不已。

最后，你会发现你们不仅深深爱上了彼此，更是感激你们之间产生的这一份悸动，难以忘怀你们之间的这一份感觉。没法用言语来形容，却深深地印在了你们的心间。

生命中一定有这样一个人，这样一种感动曾经或者现在陪伴着我们，如此有感觉的两个人也许已经牵手走进婚姻的殿堂，也许又因为种种原因放开了彼此的手，但那样一份别样的感觉，那样一份内心的感动，也许将永远被我们记住，每次想起来的时候还是觉得很心动，还是会很怀念。有些感情是可以永久的，有些感情却注定了要永久被祭奠。但那一分感觉，也许终将留在你的心里，挥之不去，也无可取代。

“感觉”这个词真的很微妙，在它面前很多人变成了哑巴，在这一刻，只有心才可以读得懂它的意境，只有心才能听得见它的诉说。很多人，也许分开后我们就不会再联系，但是在某一天，我们想起曾经那些陪伴我们的岁月，也许我们已经记不清当时的那个人，记不得那些场景，但那个时候的感觉却被我们永久地留在了心里。

恋上你的温度

有人曾说过：冬天时我是你的火炉，给你冰冷的身体带去温暖，夏天时我则化作一块冰，给你降温解暑。这样的表白听起来很简单，没有任何诗意，却让人感动不已。爱上一个人，我们感受着对方的温度，给彼此带去心里的温暖。

曾经看过一部电影，最后的一幕是男主角得了一种怪病，浑身发热，整个人被折磨得像是要灼烧起来，很痛苦，女主角为了帮他降温，把整个身体埋入了冰冷的水缸里，冻得瑟瑟发抖，然后再用她的身体去紧贴住她心爱的男人。虽然最终还是没能救下这个男人，最后的镜头停留在她无力地躺在那里，无声地流着泪的那一刹那。我真的很感动，那一刻我明白了，原来我们的温度是为爱人而生的，原来我们一直是为他们调节着自己的温度。

两个人从牵手的那一刻，就已经感知到彼此的温度。寒冷的冬日，牵着彼此的手，那一股从皮肤里散发出来的暖流伴随着血液直接由皮肤进入到了你的身体，直达你的心田。这一刻，你紧紧地闭上眼睛，你会发现周围的一切都发生了变化，你发现原来满目的冰雪都瞬间融化，你发现罕见的冬日里的阳光又冲破云层，照耀在这一片大地，闪耀着金色的光辉。你发现原来的枯枝都已长出新叶，冒出嫩绿的色彩。那一刻你发现，春天来了。

我们就这样感受着彼此的温度，沿着爱的旅途，欣赏着沿路的风光，一起走过无数个春夏秋冬。我们深爱着彼此，我们熟悉着彼此，我们更是爱上了彼此的温度。

如果你开心我则热血沸腾,如果你不开心我则心如止水。我因为你的开心而开心,因为你的不悦而悲伤。

女人撒娇时都爱把冰冷的手放入男人温暖的身体上,然后坏坏地笑着,男人虽然很冷但是没有拒绝,只是这样默默地让这个小魔女欺负自己,但是也很开心,因为他对她有爱,所以他甘愿忍受着寒冷也去给他心爱的女人取暖。如果这个男人并不爱你,他绝对会迅速弹开,不给你这样的机会。

如果我爱你,我一定可以清晰地感觉到你的温度,时而炙热时而清凉,时而强烈时而微弱,我一定也深深恋上了你的温度。然而当我不爱你了,即使你依偎在我身边,我也很难感觉到你的温度,对我而言一切都是那么陌生,对我而言我已感到我都记不得你的温度,是那样遥远,没有一点触感可言。而且对我而言,我的温度早已和你无关。

我不知道有没有这样一个人,此时此刻,愿意让你按着手中的按钮,随时调节他对于你的温度,我也不知道此时你们都给彼此什么样的温度,我只想告诉你们,恋上一个人还包括他的温度。请用心领会,请好好享受这只有爱才能带来的传奇!

七年之痒

婚姻是有七年之痒的，一直听到这样的说法，也就对这一说法充满了好奇，看了关于七年之痒的阐述，觉得有一个说法非常有趣，人体的细胞每三个月死亡和更新一次，而每七年则全部更新。细胞是有记忆的，遇到开心或者难过的事情，它们会默默记下，成为细胞的记忆，如果同样的情绪再次出现，细胞会接收到且持续下去。人体的细胞其实一直处于新陈代谢过程中，一般它们要七年的时间完成这一过程。也就是说，此时的你和七年前或者七年后的你其实是截然不同的两个人。如果反应不再出现的话，那么七年后，没有一个细胞会记得，那么，就有可能细胞中对当初的爱已经完全遗忘，所以才有七年之痒。

然后就对身边每一对已经结婚的夫妇的第七个年头充满了期盼，特别想看看在那一年到来的时候到底是否如自己所听说过的那些阐述一样，他们的婚姻会出现危机。事实是，在现实中，七年之痒出现的概率真的很少。很多婚姻都没有在这样的第七个年头发生任何变化。也许是因为大家都知道七年之痒这个理论，于是在走过这第七个年头的时候大家会格外小心，仿佛是屏住了呼吸，生怕自己的呼吸声惊醒了熟睡中的恶魔，然后硬生生地将原本和谐的生活破坏。正因为知道这个理论的存在，所以大家在跨越这一道坎的时候显得特别谨慎。

一位相处甚好的友人告诉我，他和妻子如今已经结婚十年了。我突然间就觉得很惊奇，其实和他认识很多年了，但是一直也没问起过他的婚姻，只是知道他有个贤惠的妻子和乖巧的女儿，然而当听到十年这个数字的时候我还是心里震撼了一下。不是因为不看好他的婚姻,而是十年这个数字在现在的我看来还是那么漫长,那样神圣,我坚信走过十年的婚姻是可以经住风雨的考验,会经久不衰的。还是好奇心作祟,我问了他有没有经历过七年之痒,他没有正面回答我,只是笑言我很快就要经历了。没有再追问下去,因为了解他,了解到可以知道他每句话背后的含义。我相信他一定也是微微感觉到了那个所谓的七年之痒,但是他还是携手自己的爱人共同逾越了这道沟壑,在婚姻的这条道路上站稳了双脚。

我想,之所以会有七年之痒的说法,一定是人们自己害怕去面对那已经老去的爱情,害怕面对已经被时间冲刷掉的新鲜感和激情,害怕去面对由山盟海誓演变为柴米油盐的现实。但是人活着不就是要不断面对这些一直在改变着的生活吗?

想要成就一段婚姻其实并不是什么难事,想要将一段婚姻经营到底才是一门大的学问。这个世界上的万物都有它的保鲜期,婚姻也不例外,在过了那个最新鲜的时期,在到了我们体内的细胞都要完成重组的那一天,我们依然能够靠着自己顽强的毅力去和那个陌生的自己抗衡,因为心中有爱,因为心中有满满的回忆,就永远不会让七年之痒在心中滋生蔓延,就可以真的走到永远。

如果爱，就请紧紧相拥

爱，这个字光是听上去就像一股暖流，古往今来，也是被多少代人传诵的经典。凡是轰轰烈烈，动人心魄，传为佳话，肝肠寸断的故事总和爱脱不了干系。爱这个字包含了太多太多情绪。人们表达爱的方式有很多种，有拥抱，有亲吻，有抚摸，然而我最爱的是拥抱。

拥抱，它真的包含很多力量。当父母给孩子一个拥抱时，它体现了父母保护和爱护孩子的决心；当恋人间互相拥抱时，它体现了两人缠绵到底的信心；当孩子给父母一个拥抱时，它体现了孩子要父母放宽心的心态。

有的时候，也许两个人一句话都没说，但是一个拥抱就可以代表一切，胜过千言万语。当你将一个人紧紧拥入胸怀，当你将自己的心脏紧紧和另一个人贴在一起的时候，当你能够感受到对方心跳，感觉到自己已经要将对方整个人完全纳入自己的身体中时，你会感到那真的是一股超级温暖、超级有力的力量，它强大到你已经忘记自己的存在，强大到你已经忘记你们是两个个体，强大到你觉得自己已经无所畏惧。这是一种超然的状态。

很喜欢这种被紧紧拥抱的感觉，无法抗拒，无法忘怀。它就像一剂毒药，你明知道会上瘾，可还是要欣然接受。热恋中的紧紧相拥表达了两个人要在一起的决心和幸福的情愫；太久未见的恋人也许不能再在一起，但是一个相拥就让彼此又陷入无限的思念，也许知道拥抱之后就是离别，但还是要紧紧相依，不为别的，只为曾经爱过，只为在最后一刻把对方的一切都收入怀中，哪怕是以后只能用作怀念。

如果爱一个人，就请和他紧紧相拥，太多的言语也许表达不出我们的情绪，但一个紧紧的拥抱一定可以让对方感受到你那亘古未变的情怀，就让这一刻的时间全部为你们静止，就让这一刻的世界都为你们欢呼。如果爱他，何必吝啬你的拥抱，不要蜻蜓点水，不要有所顾忌，请你紧紧地和他相拥。

爱是给予，爱是奉献，爱是包容，拥抱则是最富有这些力量的载体。如果今天你还没有和你最爱的人紧紧相拥过，请马上去实施，因为你将体验到从未有过的幸福，你将感受到从未有过的快乐。这种感觉只有拥抱才能赋予。

如果爱，就请紧紧相拥。

他不喜欢我

和一位友人聊天时,听她诉说起最近的烦恼。她说她刚加入了一家新公司,但是公司里老是有一个人处处和她作对,表现出对她的不喜欢。她不明白为什么,她自认为没有哪里招惹到他,不明白他为什么这样处处让自己为难。她说由于这个人的影响,公司好多其他同事也对她表现出不一样的情绪,很多时候她都能感觉到那些人看她时的怪异眼神和窃窃私语。这让她苦恼不已,甚至很多时候都影响了工作的情绪。她说:"我到底哪里做得不对,他们如此不喜欢我?"

我看着眼前的这个美人,开玩笑似的说了句:"你什么都没错,只因为你太美太优秀了。"友人听完后,从刚刚郁闷的情绪中一下解脱出来,莞尔一笑,然后便说:"你别闹了,快帮我分析分析吧。"

于是我对她说,其实我也不知道,因为我很喜欢你,既然我是如此喜欢你我肯定找不出别人不喜欢你的理由。因为在我眼中你有着无数可以列举的优点,这些优点更加坚定了我喜欢你。至于别人为什么看不到你的好,我真的没法解释。

友人郁闷地低下头:"你也不知道为什么,我也猜不出什么原因,真是苦恼。"我看着她垂头丧气的模样,于是说道:"虽然我不知道对方的理由是什么,但是我现在看到你已经彻底被影响了。何必太在意,何必那么不能释怀,也许你该试着接受一个现实,那就是这个世界上有喜欢你的人,也一定会有不喜欢你的人,也许你该带着一个平和及淡然的心去看待这一切,也许那样你会快乐很多。"

朋友点点头，若有所思着，然后回以我一个灿烂的微笑。

生活中会有很多人也被类似的烦恼困扰着，曾经我也是和他们一样，对那些不喜欢我的人总是久久不能释然，苦恼不已，甚至一度开始怀疑起自己，极力想去找出他们不喜欢我的理由，然后想尽力去弥补这一份漏洞，做到尽善尽美。但如今看来，这一切，其实不过是自己太过在意罢了。他不喜欢你，其实根本不需要理由，你今天弥补了这个缺点，他明天还是会找出另一个理由，你即使再优秀还是会有人不喜欢你，你如果只是一味地迷失在别人的感觉中，你会发现自己终将囚禁在这一个牢笼中，失去了自由，停在原地，再也无力前行。

如果你能淡然地看待这一切，你会发现，这些是再普通不过的事情。对于喜欢我们的那些人我们抱以感激的心态，对于那些不喜欢我们的人，我们也不需要苦苦追问和自我怀疑，生命本来就很短暂，我们追逐梦想的时间那么有限，为什么还要把时间浪费在这种无谓的纷争中，因为这一切原本很自然的事情会让我们人为地将它复杂化，变为困扰我们前行和进步的障碍。只要我们心中无悔，只要我们真的在按照自己的目标一步步前行，只要我们真的相信自己，何必太在意这些嘈杂的声音，何必让他们成为我们的牵绊？

他不喜欢你，又能怎样？时钟还是依然在走动，太阳还是照常升起，世间万物都还如往常一样没有发生变化，而你看看此刻的自己呢，是不是还如当初那般没有任何动摇，依然坚定、自信，稳步地前行。

影子的爱

影子说，他最近爱上了一个人，他每天都跟在她的身边，默默注视着她，跟随着她的脚步一起前进和后退。影子害怕白天，影子只能在夜间生存，白天的时候影子被刺眼的阳光赶走，每当夜幕来临的时候影子才在路灯的照耀下清晰地显现出来。而这个时候的影子在黑夜中始终都陪伴着她的爱人，寸步不离。直到周围全部都亮起来，不再是黑夜，影子则收起自己的身体，隐藏在众人看不见的地方。

影子说，他爱上了这个人，但是她好像根本无视他的存在。影子说他多想得到这个人的回眸，但这个人却从未正眼看过他。影子说他就这样默默地陪在这个人身边很多年，直到有一天他发现这个人身边多了一个人，他们牵着手，他们快乐地一起前行，他们甜蜜得如胶似漆，影子很是伤心，他想悄然走开，然而他发现他已经走不开了，他发现他这一生注定了和这个人是一体的，他发现即使天天陪在这个人的身边他还是没法得到她的爱，他发现她的爱、他的痛苦只能永远藏在自己的心底，无人知晓。于是影子就这样默默地，默默地将这份爱藏入了心底，终于有一天影子想明白了，他决定祝福这个人，因为感情是双方面的，不可强求，他只要这样默默地陪在她身边，哪怕只是注视着她的幸福，影子也觉得很满足了。

有没有那么一瞬间，你遇见一个人，你发现从你第一眼看到她就觉得如此亲切，你在苦苦思索在哪里见过这个人，然而还没等你缓过神来，你发现她静静等在那里是为了另一个人，然后你就这样看着她，和那个人一起离开，留下你独自一人，就这样看着他们慢慢消失在你的视线里。

有没有那么一个人，你一直陪着她，你们一起吃饭，一起逛街，一起玩耍，你们互相之间称兄道弟，你们把彼此当做最好的闺蜜，你们分享着彼此的快乐，分担着彼此的忧愁，你们互相取笑，找对象一定不找对方这样的，你们互相祝福着彼此早日找到自己的幸福。然而等到这个人有一天真的走入了红毯，你才发现你的心在隐隐作痛，你才发现你其实早已经爱上她，只是这份爱隐藏了那么久，连你自己都未曾发现。但是你还是微笑着祝福她，将自己留在无数个难眠的夜里。

有没有那么一次，你苦于找不到自己的爱情，你苦于看不清对方的心，你伤心欲绝，你甚至迷失了自我，然而等你转身的那一刻，你震惊了，你发现，原来其实一直有那么一个人，如影随形地陪着你，你开心她也会笑，你哭泣她也会落泪，她就这样静静地一直陪在你身边，而你却从未发现。

影子从来不会跑到她爱的那个人面前去大声告白，很多时候不是影子不想说，而是他根本说不出来，影子习惯了静静地守候，影子选择了相信命运，影子也学会了把那份最深的爱藏在心底，影子知道，只有爱他的人才能看见他，影子知道他这一生也不会忘记他的最爱，影子学会了祝福。影子告诉自己有一种爱只能埋入心底。影子从不奢望能够得到关注，影子只是这样静静地、静静地守候着，观望着，期盼着，微笑地祝福着。

影子的爱，爱得那么艰辛，爱得那么无私，爱得那么凄凉，然而你，看到了吗？

忘 记 你

有些爱情是执子之手、与子偕老的长久旅途，在人们的祝福声中相伴终老；有些爱情却在一开始就注定是个错误，没人祝福，没人看好，没走多久就发现已没法再继续往下走，于是大家分道扬镳，于是大家学会遗忘，再逐渐将这段爱情埋葬。你爱上他，却发现你们差距那么远，你们有不同的思想、不同的信念，你们对生命的理解截然不同，你们渐行渐远；你爱上他，却发现他早已有了自己的家庭，他有自己的世界，你只不过是他寂寞时的一个需要；你爱上他，然而你发现他并不如你爱他那般爱你，他只是利用你的爱和你上演着一个没有结局的剧本。你在爱里一次次受伤，你悲伤，你彷徨，你迷离，你抛弃别人的同时也被别人抛弃，此刻你的脑海里不停地闪过一个词：忘记。

“忘记”这个词真的很残忍。它强制你撕裂你脑海中的记忆片段，它让你用人生的橡皮擦擦去那一段你不想回忆的画面，让一切变为最初的模样，露出煞白的光景。你的脑海里、你的心里剩下的那一段时光只是一片白茫茫的空洞，你看不见也感觉不到。此后你发现你已经可以逐渐走出悲伤，你发现你的人生又多出了很多片风景，你发现你再也不会在夜里哭泣，你发现你的生命正在被改写。从此你发现你的世界里早已没有了那个他。然而你将你们曾经的快乐时光也通通和这些不美好一起抹去，仿佛一切都没有发生过，仿佛一切只是一场梦，仿佛梦醒之后世界早已变成了另一番模样。

忘记你是因为爱过你。只有深刻地爱过，在离开的那一刻才会选择将你忘记。不想让你再出现在脑海里，不想再控制不住去想你，不想再让自己迷失在一个个深不可拔的陷阱里，不想让自己再一次失去自己。那么疯狂又热烈地爱着你，可是你却始终不能属于我，所以只能选择忘记你，这样才可以减轻自己的痛，这样才可以让自己继续走完之后的旅程。

忘记你是因为不敢面对你。删除和你的一切联系，屏蔽能看到你的一切消息，把自己交给时间，慢慢去忘记你。不敢看到任何和你有关的消息，因为总是会控制不住对你的思念，每天备受折磨、煎熬，眼泪早已哭干，不想再记得你。

忘记你是为了放手让你幸福。你有你的幸福，虽然你不属于我，但能看到你幸福也是我的快乐，我不想再记起你，记起曾属于我们的一切回忆。我只有慢慢忘记你，才可以给自己一个机会，一个让自己不再流泪的机会。我把忘记化作是对你最大的祝福，你的世界里早已没有我，你的世界里也不会再需要我，我只有忘记你，才能还你一个更宽阔的明天。

生命中，我们也许都有一些人、一些事需要我们去忘记。时间这个无情的杀手总是用它不变的意志在磨炼着我们的意念，那些曾经我们最爱的人、我们最在意的事在某一天终将被我们丢入心底最深的地方，牢牢地锁上，再也看不到，再也感觉不到，直到我们离开的那一天，和我们一起化为灰烬，无声地被埋葬。

忘记你，才能成全你；忘记你，才能解脱自己。

无言的结局

婚姻是一场长途跋涉的远行，有些人在旅途中相互扶持，走到了终点，有些人在半路分道扬镳，各自寻找自己的旅程。有些人甜蜜恩爱，从来不放开彼此的手，有些人形同陌路，再也找不到彼此的交集。有些人将彼此的灵魂早已紧紧拴在了一起，有些人的灵魂却已相隔千里，即使靠在一起，也只是冰冷的躯壳罢了。有些人互相之间有说不完的话，有些人彼此之间剩下的只是无言。婚姻最惧怕的便是无言。

曾经有过海誓山盟，曾经许过亘古不变的诺言，曾经你在我眼里代表一切，曾经我和你有说不完的话，而现在你就在我面前，我却一个字都不想和你分享。

我见过这样一对夫妻，两个人在一起懒得说一句话，即使不可避免地要有些许交流，也是唇枪舌剑一番，最终亦是以无言告终。在我看来，这样的婚姻已经步入坟墓，我很好奇也很无奈这样的婚姻是如何还能继续维持的，我更惊讶这样无言的结局是如何出现的。

脑海里浮现出他们曾经不顾一切反对，毅然决然在一起的决心，耳畔还回响起他们曾经的誓言，而如今，眼前的这一切让我觉得之前我所看到和听到的是多么的微不足道，是多么的遥远，仿佛已经被淹没在这个城市的角落里，然后被一把火燃烧成灰烬，再也找不到它最初的样子。

曾经试图问过他们为什么连沟通的机会都不给彼此，为什么曾经的挚爱会沦落为这样一番结局。得到的答案和想象中差不多，女人对于男人一次又一次的失败感到无比失望，她已不再愿意相信男人所说的每一个字，她已无力再去相信那永远没有结果的誓言，因为她要生活，她要面对柴米油盐，在生活面前她选择了低头，她已不再对这个男人抱有任何希望，她甚至对他充满反感。而男人呢，生意碰壁，屡屡失败，回家后看不到也得不到任何的温暖，只有谩骂和责备，男人感到疲惫，他甚至开始怀疑当初自己这么不顾一切的坚持到底意义何在，如果能预见到今天的结局，他也许不会再这样坚持，导致父母不理解，亲戚不理会。男人开始动摇，也开始后悔，更多的只是无言，每天烂醉而归，家已经成为一个只能睡觉的地方，他甚至不想在家里有一刻的清醒。婚姻走到这样的地步，为什么大家还要维持这种现状，理由很简单：孩子，孩子是无辜的，孩子需要的是一个完整的家。

其实我并不知道他们的状态还能维持多久，我也不知道在这样家庭氛围中的孩子会有怎样的心理。但是我从心里惧怕这种婚姻，我觉得这远比破裂的婚姻来得可怕，它就像一团不可散去的乌云，每天笼罩在你的心头，你永远不知道下一秒会发生什么，你永远不知道它什么时候会离开你的心头，你每天就这样被重重地压着，你的话都烂在了肚子里，却不要更不想说出来，你就这样宁愿它腐烂在你的心间，直至发霉发臭，直到充斥你整个大脑。

语言是上帝赐予我们最好的礼物，爱情是我们享有这世间最美的恩赐，和心爱的人一起会有说不完的话，无论你有什么样的情绪你都想和你最爱的那个人分享，你把自己的思想紧密注入那个人的心里，你们彼此就这样紧紧相依着，不只是肉体，更是灵魂上的融合。那一刻，你们是幸福的。如果说你们之间已经没有话语，那你们的灵魂正在一点点分离，你们从原来的一体逐渐分割为两个单独的个体，甚至越来越远，你眼前的这个人，曾经你把他看得比生命还重要的这个人，现在在你眼前已经成了你看也不想看见的障碍物。害怕这种无声，害怕这种漠然，它就像一股强大的黑暗力量，将你吞噬你却又无力反抗。

在婚姻这场旅途中，每个人都会有不同的表现，每个人都会对这段旅途有着自己不同的理解，每个人都会对身边的这位伴侣有着不同的感悟。若还爱着，就请一直牵着她的手。若已不爱，请及早放开。不要放在身边却给她一个无言的结局，不要这一路风景都染上寂静的色彩，不要让原本清晰的旅途变得看不清方向。

终于等到你

佛曰:万发缘生,皆系缘分。于是我们一直都在等待我们的缘分,那一分冥冥之中已经注定好的约定。张爱玲曾经说过:我要你知道,这世界上有一个人是永远等着你的,不管是在什么时候,不管你是在什么地方,反正你知道,总有这样一个人。这恰如其分地说出缘分的真谛,总有那么一个人在等候与你相逢。

有人在等待的旅途上走了很久,却一直苦恼为什么还没有遇到那个有缘人。那个人到底在什么地方?他长什么样子?做什么工作?什么性格?有什么爱好?和他的初次相遇会是怎么样一个场景?我们在脑海中做了无数的设想,然而这却让我们陷入无限的烦恼。因为我们越是在心中描绘这个人,却越看不清他的脸,我们变得更加迷茫。

于是有一天我们对自己说,不要再去想象了,随遇而安吧,我们把命运再一次交给时间。

突然有一天我们看到一个人,似曾相识。我们打开我们记忆中的每一个碎片,拼命拼凑,却怎么也想不起来,但就感觉我们一定在哪里见过。我们四目相对,都觉得这也许不是一次简单的相逢。其实冥冥之中这也许真的是上帝给我们安排的一次相逢。若我们能有再进一步深入的接触,我们更会惊讶地发现我们心目中设想过的那个人,竟然和眼前的这个人是那样相似,仿佛他就是从我们亲手绘制的那幅画中走出来的一样。我们在感叹之余盯着这个人的脸,一度入了神,我们端详着这张脸,我们开始相信缘分的传说,我们开始试着去相信他就是一直在等着我们的那个人，这一刻他已来到自己身边。

慢慢地我们坠入爱河，我们沐浴阳光。我们享受每一天快乐时光，我们把彼此的欢乐留在这个城市的每一个大街小巷。我们不再一个人，我们感受两个人的温度，我们甜蜜得羡煞旁人，就连原先不爱吃的东西现在都成了美味，原来不喜欢去的地方如今都成了天堂。在我们眼里，这个世界就像换了一种色彩，那样绚烂多姿。我们发现我们自己也如美丽斑斓的蝴蝶般翩翩起舞，飞入每一个角落，飞进了彼此的心里。

突然有一天，我们已不再满足当前的状态，我们想完完全全地拥有彼此，我们想每天早上一起醒来，晚上一起睡去，我们想真正进入对方的生活，真正去到对方的世界，真正融入对方的家庭，我们甚至开始希望有一天能够一起孕育属于我们的爱的结晶。于是我们想到了婚姻，我们在所有亲朋好友的祝福中如愿地走入了人生中第一个美丽的殿堂。像是在梦境中出现的场景，那样幸福，那样让人满足。我们发现那一刻我们终于将自己的人生变得更加完整，我们发现你就像是自己失散已久的灵魂。只因有你，我们变得更加完整，不再孤独，不再悲伤。我们就这样彼此依偎着，思考着。

那一夜，我们久久不能入睡，只记得我们不约而同地说了一句：终于等到你。

让我陪你一起到老

朋友出国归来，说起种种见闻，说到其中一点的时候我们达成了一致的共识：她说在国外随处可见一起搀着手依偎着的老人，而在国内基本是看不到这种画面的，甚至就算偶尔碰到也会被当作一桩新鲜事而被津津乐道，用她的话说就是“中国人表达爱情的方式是很含蓄的，而外国人则是很大方地去表达自己的爱，不论年龄”。很多人一定觉得这没什么好奇怪的，因为文化差异，必然要产生这些不同。在我看来，这是我们自欺欺人的表现，在每个人的心目中其实都期盼着这样一幅画面，但是我们却又固执地以为画面中的人物不会是我们自己。

记忆中外公和外婆从未有过一次牵手、拥抱或者亲吻，也许在他们那个保守、陈旧的年代这样对爱的表达方式是不被提倡的。看着他们的生活就是这样日复一日，年复一年，外婆负责外公的饮食起居，包揽着所有的家务，外公维持着家里的所有开支。即使他们坐在一起，你也很难感觉到在他们之间有爱的印记。他们只是这样相互陪伴在彼此身边，除了争吵就是争吵后的平静。问过外婆关于她和外公的爱情誓言，她说像“我爱你”这种话只有年轻时候才说起过，随着年龄的增长连牵手都觉得多余。他们相爱吗？我不知道，但我能看到的就是他们一起静静地在他们共同的人生旅途上，走了很远很远。

记得西方牧师在婚礼念的结婚誓词：“你是否愿意娶×××为妻，按照圣经的教训与她同住，在神面前和她结为一体，爱她、安慰她、尊重她、保护她，像你爱自己一样，不论她生病或是健康、富有或贫穷，始终忠于她，直到离开世界？”“你是否愿意嫁×××为妻，按照圣经的教训与他同住，在神面前和他结为一体，爱他、安慰他、尊重他、保护他，像你爱自己一样，不论他生病或是健康、富有或贫穷，始终忠于他，直到离开世界？”原来我们对于一个人的爱的终极承诺是陪他一起直至终老。

我愿意陪着你慢慢老去，平静地看着时光的画笔在你的发丝上染出白色的痕迹，轻轻地抚摸着岁月在你的脸上留下的一道道印记。在别人眼中，你已不再美丽俊俏，甚至变得没那么起眼，你出去乘车的时候司机会嫌你动作太慢，你出去吃饭的时候服务员会觉得你邋遢不堪，你出去旅游的时候导游会觉得你碍手碍脚，你和别人聊天的时候大家会觉得你啰唆不已。无论你曾经多么艳丽辉煌，在你老去的那一天，一切的光彩似乎都褪了色，露出赤裸裸的白光，那样刺眼而强烈，硬生生地刺入别人的眼中，将你和这个世界隔出一条异样的光芒。然而你却有我一直陪着，我看得到你所有的这些变化，我也感受着你的悲伤，我不乞求时光可以倒转，我能做的就是一直陪着你，走过这风烛残年。因为你的快乐而欣喜，因为你的悲伤而黯然。我就这样，一天天，一年年，陪着你感受每一个四季轮回，走过每一片春暖花开，度过每一个刺骨严寒。

爱一个人究竟是一刹那的惊喜还是一生的永恒，这是我们值得思考的问题。年华逝去，光阴不再，我们都有老去的那一天，年轻时候的爱情是炙热而强烈的，因为那时候我们身强力壮。在时光流淌的星河中，这份原本的爱火被浇灌着，逐渐被孕育成一束微弱的星光，却永久印在了你的心底。那是因为在不远处你看到举着这束星光的正是对你不离不弃、一直围绕在你周围的那个她。在这束星光的照耀下你看到她老去的身影，在星光的衬托下发出灿烂的光芒。

这一生如果有个人愿意和你一起老去，那将是多么珍贵的际遇，那是你上辈子修来的福气。我们永远也不要因为时光的流逝吝啬了我们对于爱的表达，我们该紧紧握住彼此的手，就这样托起我们生命中留下的这一束星光，直到我们再也看不见那束星光，直到我们一起走向天堂。

这一刻，我看见，夕阳下，一对老人，在海边走过，他们手挽着手，肩并着肩，彼此微笑着，对视着，组成了这个世界上绝美的一幅画卷。

如果能有来生

“今生我欠你的，来生我一定会加倍补偿。”这是电影里经常出现的台词，我们对这个人今生无法实现的承诺总是期望来生去补偿。这一世无法相恋的爱人期待着来生改变局面，这一世无法给予对方的幸福期待着来生去弥补。我们期待来生，因为我们心中有太多遗憾，我们想尽量不留遗憾，可是世上之事总有不尽如人意之处，我们并不能主宰全部。

如果能有来生，我一定紧紧握住你的手，不再让你离开我半步。然而今生我却无力反抗，因为我面前有太多太多的荆棘，在你我之间撕扯开一条比光年还长的距离。

如果能有来生，我一定给你最好的生活，不再让你和我受苦受累。然而今生我已命运殆尽，因为我始终逃不过贫穷的恶魔，在我们通往富裕的途中设置无法逾越的障碍。

如果能有来生，我一定大声告诉你我爱你，不再让你在风雨里漂泊。然而今生我没有勇气，因为我始终逃不过命运的蛛网，在我向你呐喊的时候没有了方向。

如果能有来生，我一定和你说对不起，不再让你在暗夜里黯然神伤。然而今生我不能改变，因为我的心中有太多伤痕，早已千疮百孔，早已不能给你任何依靠。

可是谁都知道，其实没有来生，我们只有这一世的时间。也许下一世的你早已找不到你曾经的那个她，也许下一世的你早已忘记了你曾经的誓言，也许下一世的你变得连自己都不认识了。

所以今生分手了就是错过了，今生离别了就是永别了，今生伤害了就是永恒了。

明知道没有来生，我们还是寄希望于来生，明知道没有来生，我们还是会给自己种种幻想。

今世未了的缘，今世未尽的情，今世未偿的债我们统统都交给了来生，像是给我们厚重的行囊减轻了负担，像是给我们沉重的心灵抹去了忧伤。

其实人生真的很可悲，身体和灵魂有时候总是背道而驰，我们抓不住灵魂的翅膀，所以我们将身体的方向展现给世人，却又不能忘记背离的灵魂，我们很想让它们行走在一个方向，然而有时我们费尽一生的时间也没能实现。

如果真有来生，我们还是会有遗憾，到时候我们也许会期待下一个来生，下下个来生，下下下下个来生，如此成为一个永无止境的循环。

所以，今世未了的愿望还是在今世去实现吧，来生的事真的虚无缥缈，何必让自己迷离在未知的方向。

给自己一个华丽的转身

生活中，常常看到很多人在苦苦追逐一些永远看不到结果的东西，越得不到越是想尽一切方法，委屈自己，让自己受伤，将自己笼罩在一层厚重的乌云下，久久不能释怀。爱情中更是如此，你爱上一个人，你沉醉于他的一举一动，你每天等着他能主动和你联系，哪怕是一句简单的问候也能让你欣喜不已，你毫无保留地倾泻出你对他发自内心的真实情感，你无时无刻不在想念着这个人，甚至在很多个夜晚你辗转反侧，无法入眠，你给他打电话他不接，你发了很多条消息都久久收不到任何回复，但是你还是这样无法自拔地爱上了他，有时候你很想清除脑海里一切和这个人有关的记忆，看着镜子里的自己，你发现这份爱已经将你折磨得不再像你自己，这个时候你才意识到你已经陷入一个无法自拔的深渊，那一刻你感到无助，你感到绝望，甚至开始讨厌这样的自己。

你爱他，他却对你无动于衷。爱情本来就不应该是一个人的剧本，独角戏的结局通常都是凄凉和悲惨的。与其让自己陷入永远看不到尽头、得不到回音的荒漠，为什么不能让自己就此放下。放下忧伤，放下思念，放下那本不该属于你的一切，调转方向，然后去和那个等着你的幸福相遇。

没有一个人会轻易和对方说出自己内心真实的情感，当你将你的这种情感赤裸裸地现在另一个人面前，他却视而不见，他看不见你的好，他也不拒绝你的好，他只是选择沉默，而你每天就在这样无止境的猜想中度日如年。你因为爱他所以想要去联系他，关心他的一切，你以为他的沉默是代表他没想好如何去回应你的好，你以为他的沉默是在就你们之间维持怎样的关系进行思考和徘徊。其实你错了，一个人，当他接收到你给予的信号却沉默不语时，他已经向你表明了他不需要你对他好，而这个时候你所能做的最好是不要再对他好，因为他不值得你对他好。此时让自己恢复到最初始的那个自己的最好的方法就是放下，放下这一切，因为从一开始就注定了他不属于你，你何必要去死死困住自己，让自己头痛欲裂，生不如死。这个世界上，很多东西，很多人，天生就注定要和你擦肩而过。如果你不甘心，非要去和命运抗衡，你以为你想要的你一定可以得到，你以为你那样的真心至少有一天真的可以打动对方，你以为你们之间的相遇注定有着不平凡的意义，某天你回首看看自己曾经经历的这一切，你会发现原来根本没有你想象中的那么特别。

其实很多时候，不是命运在作弄我们，而是我们自己在作践自己。这个世界上没有什么事情是放不开的。生活中我们每天都在经历不同的变化，生命中我们每天都在遇见不同的人。所以那些我们原以为会永远不会变的东西其实早已随着时间的流淌悄无声息地发生着变化，我们原以为我们爱上的那个人也早已随着相遇次数的减少而和我们渐行渐远。

有时候想想，如果生命没有尽头，也许人就可以少很多烦恼。正因为生命的年轮在逐渐消磨着我们的内心，我们才会格外珍惜每一次获得、每一次失去，我们才会想尽一切办法去获取那些我们看来应该属于我们的东西、应该陪伴我们的人，等到我们在一次次失败中跌破头，在一次次痛苦中苦苦挣扎时，才发现我们不仅没有得到我们想要的，反而失去了更多我们已经拥有的，更可怕的是我们可能已经失去了自己。

放下,其实远没有你想象得那么难。不要总是纠缠那些和你生命中永远不可能有交集的人或事,如果真心爱过,则报以一个微笑,给予祝福,给自己一个华丽的转身,也许于你、于他,都将是一个更好的开始。

有没有一个人是如此懂你

在这个世界上,你随处可见相伴相依的恋人,而你也和他们一样,相拥着你的伴侣。你观察着大家的脸庞,有的写着快乐,有的写着悲伤,有的写着淡定,有的写着茫然。你看着他们有些突然大吵不已,互相发出歇斯底里的咆哮;有些则面对着彼此却说不出一句话。你再看看自己,你突然间有种说不上来的感觉,你不知道此刻的自己是否也如这些人一样。你突然开始觉得凄凉,你突然开始觉得悲伤,你突然觉得在这个世界上想要找到一个懂你的人是多么难,你突然发现即使你以为离你最近的这个人其实从来都未曾读懂你的内心,其实你们之间一直隔着很远的距离。你忽然发现此刻的自己陷入了从未有过的孤独。于是你逐渐明白原来最难的不是找到一个伴侣,而是找到一个懂你的人。

你们坐在一起聊天,没等你说出来,他已经知道你下一句要说什么,你惊奇的同时也带着喜悦,你带着崇拜的眼光看着他,而他只是轻声地说道:我太了解你。你实现你的梦想的时候他比你还要开心,因为他知道你在实现这个梦想的道路上付出了多少艰辛,尝尽了多少辛酸。你伤心难过,放声大哭的时候他比你还难过,因为他知道这一次你是真的彻底受伤了。你生病的时候他比你还着急,因为他知道你总是习惯坚强,你总是强忍着一切,直到你的身体再也抵挡不住。你犯错的时候他只是无声地给你一个宽大的臂膀,他可以包容你的一切,因为他知道你的本质是善良的,他明白你只是暂时迷失了方向。你生气的时候他总是在寻找自己的缺点，因为在他眼里你永远都是对的。

然而很多人倾尽了一生的时光也没能找到那个真正懂自己的人。曾经看过一篇文章，主要讲的是一个即将死亡的女人在生命的最后一刻一直苦苦哀求丈夫让她回到家中。她在家中闭上眼睛的那一刹手里一直死死抱住一个盒子，然后便安详地永远地睡去了。丈夫在看完那个盒子里的东西之后终于明白妻子在最后一刻苦苦不能放下的原来是她一直保持着书信来往的一个男人。看完了那些信件后丈夫更是陷入了无限的悲痛，他发现原来自己一直不懂自己的妻子，原来此生最明白自己妻子的是信件中的这个男人，虽然他和妻子天天住在一起，但他们的心却从来没有真正连在一起。丈夫终于理解了为什么他们的生活永远那样平淡，掀不起一丝波澜；他终于明白了为什么在妻子的眼神里从来不曾看到一丝期盼；他终于知道了妻子为什么从之前的活泼快乐到后来的沉默寡言。原来，妻子早已找到那个真正懂他的人，而那个人却不是自己。我想，任何男人在面对这样的事情的时候一定会气愤不已，然而当愤怒褪去后，他们能做的也只是痛心地面对这一切。空守着一个人的肉体却永远得不到她的灵魂，如今肉体已然逝去，灵魂当然也飘然不见。不是因为你们不爱彼此，只因懂得是比爱要难太多的课程，于是你一定会发现不是所有人都能在这门课程上结业的。

此生如果真有一个人如此懂你，也许你们不会再有争吵，不会再有秘密，不会再有隔阂，不会再沉默不语，只因你们早已经把对方当成另一个自己，你们感同身受着彼此，你们互相疼惜，互相爱护，只因能遇见彼此而感激万分，只因同时来到这个世界而惊喜不已。

此时的你，请抬起头看看你身边的那个他，是懂你的那个人吗？

CHAPTER 5　生命的意义

当你慢慢长大，逐渐进入成人的世界，你可曾想过，生命的意义是什么？是得到，是付出，是获取，还是奉献？尝试多和自己的内心对对话，也许终有一天你会发现，其实对于你自己而言，生命的意义是唯一的，它只属于你自己，和其他任何人无关。

把眼泪留给自己

看悲情的爱情故事，最常见到的一个画面就是男女主角在转身的那一刻泪流满面，没有当着对方落泪，而是把眼泪留给了自己。不知不觉，我们已慢慢学会了将眼泪留给自己。

漂泊异乡的游子，身处苦境，过着和想象差距甚远的生活，在面对父母问候的电话时，我们把眼泪留给自己，含着眼泪却笑着告诉父母我们的境遇是多么好，让他们放宽心。

苦苦相守却不得不分离的爱人，虽然微笑着告诉彼此一切还是有希望的，一切还会有转机，也许目前的困难克服了就可以在一起了，他们留给彼此的是无限希望，然而回归不忍面对的现实后却暗自落泪。

承担太多压力的单亲母亲，每天从早到晚奔波忙碌，为孩子创造更好的明天，在孩子面前永远都是信心满满，甚至标榜自己是女超人，然而在每一个寂寞的夜里却黯然神伤，把泪水咽入心里。

生命中有太多太多这样把眼泪留给自己的事迹，我们从长大成人的那一天开始已经自修了这门课程。并且我们已渐渐将它应用到我们的生活中，我们很好地掌握了这门课。

把眼泪留给自己，体现了我们对他人的爱。为了让我们爱的人不要悲伤，我们关闭了内心的一道心门，那里面紧锁着苦楚，只有我们自己才能体会到那番滋味。

把眼泪留给自己，使我们学会坚强。大千世界，太多我们无法预料之事，我们怀揣梦想却四处碰壁，我们一腔热血却无处回应，我们热情似火却频遭浇灭。我们唯有将眼泪留给自己，才能在这个世界中慢慢成长，体会个中滋味。

把眼泪留给自己，让我们学会思考。做了很多努力却不被认可，试过很多方法却都不奏效，在即将放弃的一刹那，我们学会了把眼泪留给自己，我们还是示人坚不可摧的外表。我们反思，我们挣扎，我们想摆脱这种境遇，我们思考如何才能获得重生。

把眼泪留给自己，虽然听起来很苦，听起来很艰难，但是我们必须要学会，因为这是人生必经的旅途，我们要让我们爱的人快乐幸福，我们就必须收起心中这一扇只有自己才能开启的门锁，生命中的调味瓶我们一个都少不了，不然也没法调出人生的五味。学会了苦，才能感知甜蜜的来之不易，才能感恩生活，才能让我们成长，才能让我们爱的人快乐幸福。

这一刻，请转过身，把眼泪只留给自己。

回　忆

人生就像是一场开往远方的列车，我们沿路遇到的人，路过的风景都将会成为我们日后的回忆。这些回忆有清晰的，有模糊的，有甜蜜的，有苦涩的，有你愿意去回味的，也有你根本不想再记起的。它们伴随着我们的快乐和悲伤如电影胶片般被一一录入我们的大脑，成为我们生命中重要的一部分。当回忆越来越多，我们也因此而发现我们已经在人生旅途上行走了很远，当回忆越来越模糊，我们才逐渐明白我们即将到达每个人都将经历的终点，从此这些回忆将随着我们一起因为旅途的结束而化为灰烬。所以在途中我们不用刻意，便会发现脑海中的胶片呈现的画面会在不经意间就一幕幕浮现在眼前。

人上了一定的年纪更加擅长回忆，也许是因为可回忆的东西也变得更多。闲暇时候翻看旧日的老照片，仿佛当时的情景在眼前再一次上演，仿佛此刻的自己又回到了当日的时光，仿佛自己又找到了当时拍下这张照片时候的心境，然后你便会沉静在这一片感觉中久久不能释怀，等到一切缓过神来，等到你静静合上相册的那一刻，等到你看到自己已经布满皱纹的肌肤时，你才感叹原来这一切已经过去了那么久，可是你发现你依然那么清晰地记得，就像一切还是发生在昨天一样。常常看到一些老年人每天坐在院子的角落，他们什么也不做，只是这样静静地坐在那里，若有所思着，目光有时候会变得淡漠，我就常常在想，也许此时的他们正在一刻不停地回忆着曾经的自己，也许他们看着街角踢球的少年，他们也在想着自己的孩提时代，他们现在已经彻底老去，也许剩下的就只有回忆了。所以你会发现，他们在和你说起他们过去的时候总是眉飞色舞，总是滔滔不绝，因为目前对他们来说最宝贵的也最值得炫耀的就是他们用自己的双脚踏实走完的这一生，那一个个回忆拼接起了他们最美的生命。

人类的情感之所以丰富，我想，有很大一部分原因是人们有回忆吧。如果我们没有回忆，今天做过的事情明天就忘记了，也许我们也不会有如此复杂的情绪。我们感谢回忆，我们同时也惧怕回忆，因为我们通过回忆来提醒自己已经走了很远，我们也通过回忆来体会内心的感伤。因为拼接成我们生命的那一个个回忆一定是五味俱全的，有快乐就必然伴随着悲伤，有幸福就必然伴随着痛苦，虽然我们极力在和那个痛苦的回忆做斗争，但很多时候我们都是以失败告终，我们以为那些让我们心痛的回忆会被我们彻底抹去，不再记起，却发现它们根本不可被清除，即使我们竭尽全力去隐藏它们，但它们只逃得过白天，夜晚时它们还是如同寒风扎入心底。如果可以有橡皮擦，我们多想擦去那一段让我们受伤和痛苦的回忆，只留下那些美好的部分，可是我们找不到这样的橡皮擦，所以这所有的回忆，都混杂在一起，陪同我们一直继续前行。我们因为那些快乐的回忆而感谢生命，我们更因为那些悲伤的回忆而逐渐成熟，愈发淡然。我们在一次次碰撞中寻找经验，我们在一次次跌倒中擦干眼泪，在我们真正老去的那一天，我们终将发现，所有的这些回忆我们都可以坦然面对，不再有大喜大悲的情绪，只是独自一个人的时候静静地看着自己走完的这一生，感到无比欣慰，感到此生无憾。

每个人都在生命设定的剧本中演绎着自己的人生，都在用胶片记录着自己走过的点点滴滴，等到电影落幕的那天有的人发现自己上演了一场喜剧，而有的人则发现自己以悲剧收场。回首自己走过的路，路过的风景，遇见的人，这所有的一切形成了难以忘怀的回忆，让这一场电影变得更加有血有肉，更加真切感人。无论我们的生命最终有着怎样的结局，我们都将因拥有这些回忆而无比感激。

只要是有真实情感的人，都一定会有他回忆的时刻，不要惧怕忧伤，不要惧怕痛苦，因为这一切都会慢慢随着你心境的改变发生意想不到的变化。我们感激每个出现在我们生命中的人，我们感谢被我们收入眼底的每一片风景，因为你们，我们的生命才变得更加完整，我们才体会到了什么是真正的人生！

和习惯说再见

习惯，在字典里的解释是积久养成的生活方式。每个人这一生都在自己的习惯中生活着，我们被习惯约束着，我们也被习惯改变着，我们创造了一个又一个属于我们的习惯，同时我们也丢弃了那一个个我们不能再度拥有的习惯。习惯，就这样悄悄来到我们身边，然后又不声不响地离开我们。

生活中吃饭是一种习惯，睡觉是一种习惯，上班是一种习惯，运动是一种习惯，休息也是一种习惯，我们每天经历的那些不再变化的事情统统被我们列入了习惯的范畴。如果某一天这些都发生变化了，我们反而觉得不舒服，不自在，觉得一切竟然是那样陌生，觉得自己已经完全迷失了方向。生命中，我们常常把某个人作为我们的习惯，我们习惯了和他一起的日子，我们习惯了和他做的每一件事情，习惯了和他去的每一个地方，我们把这种习惯逐渐转化为一种依赖、一种寄托，就像我们早已习惯了我们自己的模样一样。如果有一天我们照镜子时突然发现镜子里是一副陌生的面孔，我们定会惊慌失措，然后怀疑这一切，如噩梦般不知道该如何去面对这个世界。

爱情中的一些人在离别的那些日子里变得连生活都不会了，好像这个世界突然变了一番模样，好像自己从来没有在这个世界上生活过一样，眼前所有的一切都已变得那么陌生，甚至连出门都没了方向，连吃饭都没了胃口，好像我们一下倒退回一个初生的阶段般，对这个世界充满了未知和恐惧。我们在痛苦中总结出，这一切都是因为我们逃离不了原来的习惯，我们深陷其中，不能自拔。

养成一种习惯不容易，它需要我们付出时间，付出精力。习惯不是一天两天就可以形成的，为了这样的习惯我们有时可能甚至要耗费一生的时光，摒弃一种习惯也不如我们想象得那样简单，没有一个人能够在面对已经养成多年的习惯时坦然而轻松地说再见，摒弃一种习惯后就像是变为一个残缺不全的人，没法面对这样的自己。

然而，有时候，有些习惯，我们虽然不想，虽然不愿意，虽然无奈，却不得不面对这种折磨和疼痛。有的时候也许我们自己没变，但周围的一切已经发生了天翻地覆的变化，如果我们还是维持着原有的习惯，如果我们还是固执得不做任何改变，也许我们将和这个世界的格局变得格格不入，也许我们终会将自己推入不堪的结局。

和习惯说再见，也许你要说这是个多么可怕的设想，但是我想我们需要有这样的勇气，如果我们永远都没办法面对这个残酷的现实，如果我们永远都沉浸在自己的种种习惯中不能自拔，如果我们永远没办法接受那一个个直接威逼我们习惯的变化，也许我们终将被自己的习惯吞噬。

我们以为日子一天天地过，没有任何变化，然而当我们回头看看走过的路、流逝的时间、身边的人，发现一切都早已在悄然无息中发生了变化。

生活中我们跌倒了，流泪了，受伤了，爱情中我们挫败了，伤痛了，离别了，让我们在这一切到来的时候告诉自己，我们一定可以大胆和习惯说再见，我们一定可以让自己更好、更强大地和这个无情而又冷漠的世界战斗，因为我们一直知道人就是在这样的斗争中成长起来的，因为我们一直明白通往幸福的这条路上总是布满荆棘，总是充满艰难。

和习惯说再见会很难，会很痛，但这却是我们必须学会的一项技能。

当梦境照进现实

不知你是否有过这样的感受，在一个美好的梦境中久久不肯醒来，待到你不幸被无情的闹钟从梦境中拉回现实，心中特别遗憾，懊恼。至少我有过这样的体会，但是通常我会在第二天让这个梦境继续上演。友人的解释是心有所想，是思想驱使所得。

梦境真的是个很神奇的事物，古往今来，多少科学家都从各个层面对人类的梦境进行分析，也得出了很多学术性的解释，甚至每一个梦境的寓意你都可以轻易找到对应的分析。

我们形容某些不可能的事时常常脱口而出：别做梦了！由此可见，梦境在人们眼里通常被认为不可能实现，和现实世界有很大反差。无论梦境多么美好，多么令人向往，呈现在我们眼前时多么令人兴奋不已，但等我们醒来，回归现实的领地，将会发现一切都烟消云散了。我们才恍然，感叹这一切原来只是梦一场。

太过思念一个人的时候我们会做梦，梦里的每一个场景都会有这个人出现。我们平日里见不到，但每当夜深人静，这个人总是这样一次又一次地闯入我们的梦境，让我们度过一个又一个甜蜜的夜晚。久未相聚的恋人，两小无猜的闺蜜，分隔异乡的母子，都会将对彼此的思念化作梦的翅膀飞向对方。

痛恨一个人我们也会做梦。我们将平日里没法发泄的仇恨在梦境里一一展现，我们在梦境里大展身手，在大汗淋漓的快感中醒来，我们兴奋不已，我们已经将现实中那个伤害我们的人在梦境中大肆惩罚一番。被抛弃的痛苦,被侮辱的愤怒,被欺骗的伤痕,都在这一瞬间得到了彻底的释放。

做了亏心事我们也会做梦。一次无意的陷害,一个错误的决定,一次犯法的勾当,都会让我们在每一个漆黑的夜里遭受良心的谴责,在一个又一个惊吓中醒来,惊恐不已。我们逃不过这种恶魔的侵袭,在一个又一个梦魇中度过每一个难熬的深夜。

既然是梦,就和现实世界的构成一样,梦里有美好,有惊喜,有快乐,有悲伤,有懊恼,有遗憾,只是梦境永远是和现实相反的。你在平日里欢笑却在梦里哭泣,你在平日里悲伤却在梦里找到欢笑。唯有一点是相通的,就是我们把现实里不能实现的都在梦里一一呈现出来,给自己臆造了一个假象。直到我们从梦中走出的那一刻,迎着现实的阳光,我们眯起双眼,发现根本看不清方向,迷失在梦境与现实的交界处。

曾经有个朋友对我说,她的愿望就是永远活在梦境中,不要回归现实。这听起来实属一个荒谬的想法。让人不得不联想现实中她是怎样的凄凉,让她宁愿活在一个臆想的梦境中也不愿在现实中逗留。但是细想后又突然理解了,也许她是要把现实中不能实现的遗憾都留在梦境中去一一实现,留下美好的瞬间。现实的世界,永远都有五味调味瓶的掺和,避不了酸甜苦辣咸,不能事事如意、处处称心。梦里的世界,我们可以根据自己的喜好和心情去调出我们钟情的味道,这样的世界我们当然神往。但同时我们应该有一个良好的心态,去和世界的五彩斑斓在生命的跑道上挥手致意。

每一个人都有做梦的权利,每一个人都可以有偶尔逃脱的潇洒。然而我们需要学会的是从梦境中走出来的勇气,我们需要磨炼的是在现实中奔跑的意念。

品　　位

可可·香奈儿曾经说过:奢华从不与贫穷相对立,它的反面是庸俗。

喜爱奢侈品是因为喜欢这个品牌的历史和文化,如果一味追求表面的虚荣,盲目去追寻,则会造成真正意义上的俗。品位,从来都和金钱没关,它取决于你敏锐的眼光和独特的视野,它取决于你内心最真实的体会,是灵感与心灵最直接的碰撞。

每个女人的梦想中都包含拥有一只香奈儿手提包,然而又有多少人真的去了解过它的历史,它的文化。黑白为基准色调的香奈儿风格也许并不能给你带来视觉上的华丽冲击,然而正是这样最简单的黑白基调决定了它成为永恒的经典。如果你了解过香奈儿的创始人香奈儿小姐的经历,你一定可以明白这位伟大的女性创造的这个品牌实际代表了新一代女性独立、自强、自主的个性以及不为外界所动、依然保持自我良好状态的自信。香奈儿其实代表一种精神,它的品牌价值不只体现在面料、做工,更多地体现为它那无人可超越的文化和内涵。

常常看到一些人,恨不得把所有的名牌都穿身上,着实把自己打扮成一个暴发户腔调,以为这样就是有品位,以为这样的视觉冲击就可以在世人面前显摆自己的身份,殊不知他已经步入一个巨大的歧途,品牌是用来欣赏的,不是用来炫耀的。有些人即使身上一个名牌也没有,也一样可以穿出品位,穿出自己独特的味道。

品位代表一个人的心境,再小的房间经过独具匠心的改造后也可以变为温馨的小屋，一处别出心裁的设计，一盆别具格调的花，都能体现这个人对生活的热爱，对美的品位。无论富贵贫穷，只要是用心创造出来的，多少钱也无法比拟。品位体现一个人的内涵，没有充实的内在是无法表现出过人的品位的。当我们还热衷于追求很多表面浮夸的东西时，不妨多用点心思去研究那些潜藏在背后的故事、文化，也许这样我们才能避免自己落入俗套、才能有自己独特的品位。

拥有好的品位，不是一天两天就可以促成的，它是一种文化的积淀，是一种人生的积累。唯有将心沉静下来，用最纯粹的自我去体会和感受这个世界万物的存在，慢慢修养我们的内在，才可以将品位展现得淋漓尽致，才可以真正成为一个有品位的人。

我们需要历练，我们拒绝庸俗，请好好把握每一天，热爱生活，品味人生。

燃烧的欲望

欲望是我们与生俱来的本能，我们这一生有很多欲望，我们被欲望改变着，也被欲望牵绊着，我们将自己在欲望之火炙热地燃烧着，我们感受着欲望带给我们的热烈，也饱受着欲望给我们带来的煎熬。

什么叫欲望？简单地说就是我们心中所想和所期盼的，我们希望得到某样东西，我们甚至希望能够彻底征服它，将此物品归为己有，牢牢地印上我们的标记，以此来区分我们与他人的不同。

所以欲望最初始的感觉便是占有。你的脑海里，你的思绪里将一直被这个欲望充斥着，你感到自己所做的一切都是希望能够有一天真正拥有它，不再只是远远观赏，不再只是静静守候，而是真真切切地将它握在自己的手心，享受它真正属于自己的那一刻。你觉得你的内心得到了极大的满足和宽慰，你长舒了一口气，然后你便发现你身边原来的那一堆欲望正逐渐熄灭，而另一堆欲望的火苗正在悄悄蔓延。

欲望在很多时候其实是我们内心感觉的一种极大反射。你心中所想的一切都将通过欲望淋漓尽致地展现出来。如果你没有任何思绪，没有任何念想，你是不可能产生欲望的。人们唯有对自己需要的东西才会有强烈的欲望，贫穷渴望富有，丑陋期待美丽，脆弱盼望坚强，平凡期望伟大。每一个欲望其实都是我们的每一个需求，我们祈求这些需求能够得到满足，我们祈求自己能够得到改变。我们根据自己心中设定的标准，形成了这一个个欲望，它们将我们包围，它们也被我们征服。

很多人曾说过，我们身边充斥着无数的诱惑，我们也因此而产生了无数的欲望。其实我想说，我们的欲望和诱惑一点关系都没有，它最根本的来源是我们的内心。你可以对诱惑视而不见，但是你一样还是会有欲望，就算你不期望能够富贵奢靡，你还是会期待你能正常地生活，你希望你能够吃饱穿暖，你希望你能够满足家人最基本的生活需求，你以为这些都和欲望无关，其实你错了，它们都是你发自内心的欲望，因为这些都不可以免费得到，你为了满足你心中的那些期望，你要劳动，你要创造价值，你要为你以及你的家人提供简单生活的资本。所以，在你看来完全和欲望挂不上钩的一切其实和别人那些宏伟的目标没有本质的区别。

有的人心不贪，所以他心中的欲望之火只是那么微微地燃烧着，他不会遭遇被灼烧的危险，这么一点点的火苗还能够给他带来一丝温暖，他也能从中获得极大的满足感；而有的人心很大，欲望之火总是在熊熊燃烧着，他知道这种灼烧的痛苦，但是他还是不肯停止他的念想，他已经完全控制不了自己，最后亲手将自己葬送在意念形成的火海中，当面目全非之时他才知道原来自己是那么的贪婪，恨不得把一生的欲望都在极短的时间内全部实现，而这给他带来了无限的灾难。

没有欲望的人生是毫无激情的人生，更是枯燥无味的人生。如果周润发当年没有欲望，他将永远只是那个给别人擦车的打工仔；如果郭富城当年没有欲望，他将永远是个奔跑在路边的空调修理工；如果马云没有欲望，他将永远成为成天呆在家里无所事事的宅男……还有很多很多例子，我不想去贬低他们原来的生活有多么卑微，我只是想说他们正是用自己的欲望改变了自己的人生。

欲望，唯有被合理地运用，才能发挥出它巨大的能量。就像我们都明白很多东西都有一个度，不能过少，也不能过多，它只在达到那样的标准时才能真正发挥它的作用。所以，如何控制这个度将成为我们永恒的话题,而调节欲望之火的开关就在每一个人的心中,只有真正看到并熟练掌握它的人才能将这个火光调节到适宜的大小,并陪伴着我们度过每一天、每一秒,我们会因此而获得我们想要的一切。

我们这一生只要还活着就注定欲望永无止境,我们不能选择逃避,所以我们选择坦然面对。每个人唯有坚守自己的内心,才能做到收放自如。因为在那里住着我们最初的梦想,我们控制住自己的内心才能真正将欲望化为无限的动力,才能真正不虚此生。

选　择

我们每个人,可能唯有出生是不需要选择的。从我们降临到这个世界上的那一刻开始,我们的人生就注定了一直面临选择。

我们小的时候,在我们还没有能力去独立面对这个社会时,大多数时候是父母帮我们做了选择。等到我们真的长大的那一天,我们有了自己的判断,有了自己的思想,我们看清了人生原来是有那么多十字路口,每走到一个路口我们都需要为自己找出一个方向。在面对这样的选择的时候,我们往往感到非常艰难,因为我们不确定自己是否走上了一条正确的路线,因为我们一旦做出了一个选择就意味着放弃了其他的机会。

在我们年轻的时候,我们可以在很短的时间内做出选择,即使真的走错了方向,我们还有精力和时间重新回到当时的交叉口,选择另一条路,但随着我们年岁的增长,我们逐渐发现,我们在面临每一次选择时变得异常谨慎并难以抉择,因为我们太害怕自己做错了选择,我们会根据自己多年积累的经验理性地分析哪一种选择对我们而言是最不会输的,哪一种选择对于我们来说会更有利。我们之所以在每一个选择上变得如此认真,是因为我们发现一旦我们做错了选择,我们再想如年轻时那般回到原先的十字路口已经不是那么容易了。我们可能会精力不够,甚至一旦我们认定了一个方向,其他的那些道路等到我们再回去看时已变成另一番模样,就像一个个迷阵将我们吞噬。

生活的现实让我们更加清晰地认识到人生其实是没有回头路可

走的。你选择了一样东西的同时也意味着你放弃了其他同类的事物。你选择了一样职业就意味着放弃了从事其他行业的可能,你选择了一个人就代表着你放弃了这个世界上所有其他人,你选择了一种生活方式就表明你放弃了其他任何一种生活姿态。

生活中常常看到那些老一辈的人们总是以自己的经验来教导晚辈,在子孙们面临每一个人生十字路口的选择时给予指导和帮助,怕他们走弯路,所以长辈在自己人生选择的路途中放置了一个个明显的标志,以此来告知子孙们哪些道路是坚决不可以走的,哪些道路是可以一路走下去的。很多人在有了这样一份提示之后确实可以更轻松地做出选择,但是也有一些人,天生就抱有探索的心态,他坚持走自己的那一条道路,相信自己的选择。到头来,有的人真的独辟蹊径,获得了成功;而有的人,走得一路坎坷,伤痕累累。

人之所以那么惧怕选择,是因为每个人都有一颗不服输的心,每个人都希望自己选择的道路是充满阳光和健康的,可是谁又能真的保证我们一定可以很准确地做出每一个决定,走对每一次方向呢?也许我们按照老一辈的教导可以走出一条稳当的道路,但那还是我们自己的人生吗?没有自己的思想,没有自己的领悟,我们也许只是在沿着别人的人生继续前行,虽然会避免很多风险,可是我认为很多选择还是一定要我们自己做的,哪怕真的做错了,那又怎样,我们在一次次错误中总结经验,在一次次失败中汲取教训,最后当我们真的走到再也走不动的那天,我们回首曾经走过的路,看着自己曾经做出的选择,我们可以真真切切地感叹我们真的不虚此生,我们问心无愧,我们无怨无悔。因为每个人从开始选择的那一天起就应该已经做好对这一切负责的准备了。

其实在选择的道路上没有对错可言,别人的道路永远不会成为你自己的道路。有些道路对某些人而言是康庄大道,对其他人而言却是羊肠小道；有些道路对某些人而言是繁花似锦，对其他人而言却是荆棘满布。所以，做出选择的那个人更是无比重要。如果我们在面临每一次选择之后，都能够有一颗真诚的心和一个坚持到底的决心，也许我们就可以真的走出一条和别人不一样的道路；如果我们把这一次次选择看成我们人生中的每一个值得留恋的风景，并无比珍惜，也许我们就不会有那么多抱怨和后悔。

所以，亲爱的朋友们，很多时候，不是我们的选择有问题，而是我们在用怎样的态度和精神对待我们做出的那一个个选择。人生既然是自己的，我们就该用心去对待，不要敷衍，不要自怨自艾。让我们永远抱有一颗积极向上的心去迎接每一天的到来，去直面我们内心为自己指引出的那一个个方向，去坚定我们给自己做出的那一个个美丽的选择。

别让笑容变为一种奢侈

很喜欢身边的一位友人,他总是微笑示人,每天见到他就像见到初升的太阳,充满希望。笑,这种人类与生俱来的本能不知从什么时候起已经成为我们生命中一件无法估价的奢侈品,我们甚至已无力承担。

地铁车厢里一直在做的巨幅广告:发现身边的微笑。广告的配图全是孩童的稚嫩的笑容。是的,当我们还都是孩子的时候,我们可以无忧无虑地表达内心的情绪,我们可以肆意地哭,我们可以忘我地笑。然而年岁增长后我们好像忘记了这份与生俱来的能力。我们收起了上扬的嘴角,我们给自己裹上一层冰冷的外衣,以此来区别长大与童年。

走在这个城市的大街小巷,到处可见的都是面无表情的人群。我们行走在自己的路上,早已习惯了把自己的喜怒哀乐藏在内心那个让大家看不见的地方。我们隐藏悲伤,我们也逃避快乐,逐渐把自己包装成这个城市的空心人。然后终有一天我们发现我们已忘记了微笑,忘记了这个最初内心最直接的表达方式。

曾经做过一段时间的平面模特,记得有一次的拍摄让摄影师很不满意,总是抱怨我笑得太假,扬起的嘴角也不能展现内心真实的快乐。原来我也逐渐改变了,原来发自内心的笑容不是靠咧开嘴就可以展现的。不禁恍然,我们还能保留纯粹的内心吗?笑,是内心快乐最直接的表达,我们还快乐吗?

我们追求名利、财富、地位，我们把这些设定为我们人生终极目标，我们把这些看成我们心中想拥有的奢侈品，我们竭尽全力，为了获得这些，为了有一天和芸芸众生拉开距离。我们在通往这些奢侈品的阶梯上攀爬，每到达一定的高度，为了继续前行，我们不得不丢弃一些我们认为会阻挡我们前行的包袱。我们拿掉我们认为对我们不那么重要的普通得不能再普通的东西，因为在我们眼里这些东西和那些我们想要的奢侈品比起来简直相差甚远，不堪一提。当有一天我们真的到达我们人生的高点，我们手握名利、财富、地位那一面面胜利的旗帜，却发现只有一个人去独享，却发现我们连笑都不会了，却发现笑这个奢侈品我们已无力再获得。

也许我们面临压力，也许我们要适应这个残酷的社会，但请永远别让笑容变为奢侈品，我们要紧紧握牢这个上天赋予我们最大的恩赐，我们要让心与我们一同前行。

眼泪的味道

从初生的那一刻，我们就已经学会了啼哭，从啼哭的那一刻我们就初识了泪水。那个时候，我们的眼泪应该是无味的吧，因为那个时候的我们可能还没有具备分辨复杂味道的能力。那个时候的眼泪就是我们用来和大人交流的语言，而大人就是通过这个语言来判断我们是饥饿还是不舒服。那个时候大人们都很紧张我们流泪，他们抱着我们，他们来回摇晃，他们总是竭尽一切去控制住我们的哭声，擦干我们的眼泪。

步入校园后，我们已经不再像小时候那样频繁啼哭，我们已学会去用情绪控制我们的眼泪。我们从课本上学习到原来眼泪是咸的，它的成分决定了它初始感官的味道。并且我们自己也可以感到当眼泪划过脸颊并落入舌尖的时候那淡淡的咸味，于是我们逐渐体会到原来眼泪不是无味的，而是咸咸的，正如我们品尝过海水的味道才知道原来海水和一般的水不一样，它是咸的，拥有着独特的味道。

渐渐地我们步入社会，我们发现原来眼泪又多出了很多种味道，时而甜，时而苦，时而酸，时而辣，我们发现它几乎包揽了人间五味。我们发现原来眼泪不只是属于悲伤，原来眼泪也承载着许多快乐，原来眼泪也蕴藏了很多无奈。欣喜的时候我们会流泪，那一刻的泪水充满了快乐的情绪，品到嘴里自然是甜甜的滋味；生气的时候我们流泪，那一刻的泪水充满了愤怒的忧伤，品到嘴里自然是酸楚的味道；失望的时候我们会流泪，那一刻的眼泪充满了绝望的哀伤，品到嘴里自然是呛辣的感觉;难过的时候我们会流泪,那一刻的泪水充满了浓烈的苦楚,品到嘴里自然是苦不堪言。

对于眼泪有过很多唯美的比喻。有人把它比喻为昂贵的珍珠,有人把它比喻成璀璨的钻石,当然这些都是美好的比喻,也有将眼泪比喻为灾难的,也有将眼泪联系到阴暗的。人们感动于真实的眼泪,却厌倦了虚伪的泪水。

记得看过一则寓言,说上帝给了亚当和夏娃两个礼物,一个是假期,一个就是眼泪。可见眼泪在我们的生命中占据了多么重要的地位。眼泪的味道被我们五彩的人生分割出了那么多种味道,以至于我们觉得没有眼泪的人生是多么的单调,原来泪水不光是从眼睛里滑落到脸上,原来泪水是从内心的最深处慢慢通过眼睛传递出它的情感,再温柔地划过脸颊,流淌到你的每一寸肌肤。

相信喜欢观察生活的朋友一定会发现很多动物也会流泪,但是人类区别于它们很大的一点就是人类的眼泪夹杂了太多的情绪,而动物的眼泪很多只是生理反应,它们没有人类如此多的情感贯穿。我好感激我是人类,我好开心我拥有这样的本领。我多么珍惜我的眼泪。因为它是那样五彩斑斓,因为它是那样真实地表达了我的情绪。我爱上眼泪的味道,它让我真切感受到人生的精彩、人性的真善美。

不知道此刻你是否也和我一样在流着泪,但这一刻我的眼泪是如此的幸福,你呢?

越长大越孤单

孤单是一个人的旅途，惶恐，错愕，毫无头绪，分不清方向。孤单是冬日里的寒风，即使你将自己包裹得只剩下两只眼睛，它还是可以钻入你每一个毛孔，让你颤抖。

时光穿梭到那个不谙世事的我们，偷穿着妈妈的高跟鞋，然后在地板上走路发出咯噔咯噔的响声；偷拿妈妈的口红，勾画出自己稚嫩的嘴唇；偷喷了妈妈的香水，然后将自己沉浸在这一片香气中；偷背着妈妈的手提包，对着镜子摆出一个又一个造型。那个时候的我们期盼着长大，那个时候的我们对成人的世界充满好奇，那个时候的我们期盼着有一天我们也可以这样体面地生活着。

当有一天我们真的已长大，我们挎着名牌包，用着最贵的香水，画着最精致的妆容，穿梭于各座摩天大楼，伴随着众人羡慕的目光，我们却发现我们变得越来越孤独，有时候对着镜子时我们都会发现自己的面孔是那样陌生，我们变得连自己都不那么认识自己。透过镜子，我们仿佛看到了那个曾经的自己，那个无忧无虑、天真烂漫、充满童真的自己，周围的一切仿佛连色调都变得明朗起来，我们发现镜子里的自己在这一刻看起来是那么美丽，嘴角洋溢着发自内心的欢笑。然而这一切也只瞬间存在，镜子里那个爱笑的小姑娘一眨眼的工夫就消失得无影无踪。

有没有那么一瞬间你看着手机里满满的通讯录名单，却不知道该拨出哪一个号码；有没有那么一瞬间你想和别人吃顿饭，度过这一个人的夜晚，脑海里却找不出一个人，然后你只能默默地享用一个人的晚餐。孤单正如我们的成长一样伴随着我们，在我们的生活里滋生蔓延，在每一个漆黑的夜晚将我们侵蚀。

好想痛了就放声去哭，好想全世界随时都可以有肩膀给我依靠，好想告诉自己是多么讨厌现在的自己，好想告诉你我是多么不能自已，好想冲破一切变回那个最初的自己。

然而一切都回不去了，时间的车轮永远只会推动我们向前奔跑，却从来不给我们停下来往回看的机会，我们坐在一辆又一辆精美的马车上狂奔，我们丢弃一个又一个阻碍我们前进的包袱，我们害怕一切被另一辆马车追赶上的机会，我们设置一个又一个阻挡对方前进的障碍，我们不惜一切只为了第一个到达终点，最后把自己的灵魂锁在这个无人看到的车厢里，只留下我们自己独自黯然神伤。

如果长大就意味着痛苦伴随，如果长大就意味着失去自我，如果长大就意味着独享孤单，如果长大就意味着告别快乐，那么，我们何必期盼长大？

耳畔回响起一个童真的声音：长大后我也要像妈妈一样，漂亮地工作，漂亮地活着，长大后我就可以探索这个缤纷的世界。其实我好想和她说，长大后你会失去现在的一切，因为这就是成长的代价。

生老病死

其实很害怕触碰这个话题,因为这注定是一个沉重的话题。但却又不得不谈起,因为这也是每个人必将经历的过程。生,其实是我们第一次挣扎着来到这个世界的过程。我们穿越层层障碍,我们握紧双手,来到这个世界,这是我们第一次和外力做抗争,这是我们的本能。脱离了母体的包裹后我们就要开始学着自己去生活,学着自己成长,当机体一天天老去,我们难免会碰上疾病,难免会面对衰老和死亡。但是人有时候就是这样,当我们还年轻,拥有健壮的体格时我们没有把健康当回事,等到我们生病或者衰老的那天,我们才知道原来对于我们而言健康的身体才是一切,原来对于我们而言其他都不是自己的,唯有健康的身体是属于自己的。这个时候才醒悟的我们往往发现一切都已经晚了。

我是非常害怕衰老的,非常害怕有一天面对已经老去的自己,其实这是内心的一种自我逃避,因为人始终都是要老去的,人始终都要面临死亡。曾经听过一个说法,说人刚来到这个世界的时候往往拳头是握紧的,因为想抓住一切,当人去世的那天就两手一摊,什么都不要了。确实如此,年轻的时候我们玩命地去争取一切,我们为了名利、金钱、地位可以抛弃我们最至亲的身体,我们拿身体作为我们交换这些外在的所谓华丽外衣的本钱,我们随意挥霍,肆意践踏,然而当我们醒悟的时候,才发现原来我们想要的这些东西真的是生不带来、死不带去的,原来我们苦苦追寻的一切在我们身体状况出现红灯信号的时候变得那样渺小，不堪一提。

很害怕去医院，因为不忍心看到那些期盼的眼神，不忍感受他们急切盼望自己身体能恢复的心情。其实，人都是害怕死亡的，人都是不想离开这个美丽的世界的。即使有过痛苦，有过不快，但起码活着就是人生最大的价值。

我们应该学会珍爱我们的身体，一个连自己都不会爱护的人怎么可能有能力去爱护其他人，去爱护这个世界！机体终会老去，人终会面临离开的那一天，但是我们一直在努力，只要我们每一天都在健康、积极向上地生活，那我们就可以无悔此生。

请永远记住，生命的年轮一直在增长，但健康则一去不复返。爱自己，才会有能力去拥有想要的一切。

直面过去的自己

每个人不论今天取得了怎样的成绩，获得了怎样的荣誉，变得如何璀璨耀眼，他都该有直面过去的勇气，因为今天他得到的一切都是用无数个过去积累而来的，没有过去的那些基石，他将无法长久矗立在风中，终将变得飘扬不定、不堪一击。然而现如今，很多人，根本没有直视过去的勇气，他们害怕面对过去的自己，他们极力掩饰那一个个在他们眼中不那么起眼的过去，想要硬生生地夺去那些曾经属于自己的一段段回忆，让人们只记住现在的自己，那个闪耀辉煌的自己。

过去的苦痛，过去的心酸，过去的贫穷，过去的无知，都通通被他们隐藏在心中，他们展现给世人全新的自己，快乐、财富、地位，在举手投足间都格外小心，生怕被任何人抓到一点破绽，他们断了所有认识原来的自己的人的联系，甚至走在路上遇见也当做没看见，他们认为他们如今拥有的一切才是他们真正想要的生活，那些过去的时光，那些不堪回首的岁月，他们想统统埋葬，丢入无人可见的角落。可是最终他们发现，越是掩饰他们就越难过，越是回避他们就越悲伤。他们以为忘记之前的一切他们就可以变得开心，他们就可以真的做现在的自己，以良好的姿态呈现给世人，但是在每一个深夜来临，他们还是会辗转反侧，一幕幕过去的景象总是浮现在自己眼前。他们迷茫，他们困惑，他们不知道自己该何去何从，其实，是他们自己把这一切搞复杂了。

生活原本很简单，只是我们以为那些不堪回首的过去会破坏我们如今好不容易创造起来的形象，我们怕被人看不起，我们的虚荣心和自尊心驱使我们编织了一个个掩人耳目的谎言。但终有一天，我们会发现，其实说谎话真的很累。

曾经看到一个人成名后，连自己的爸妈都不敢去认。因为爸妈是那样贫穷，和自己现如今拥有的格格不入。每次爸妈为了见他都要费尽心思，不能暴露在公众场合，很多时候甚至只能远远地看着，却不能彼此相认。这些在所有人看来那么自然和顺理成章的事情却因为这个人内心的软弱变得异常怪异并令人心酸。但我想，这个世界上不会只有他一个人如此，很多人，在面对世俗的眼光，在面对公众的镜头，还是选择做一个戴假面具的自己，展现给世人娇好的面容，面具背后那张脸却布满泪痕和忐忑。

其实，我们该努力拥有直面过去的勇气，我们应该感谢那些过去的时光、过去的岁月、过去的自己。虽然拥有贫穷的父母，但我们一定拥有着他们无限的爱，这种爱是无法用世界上任何东西换来的，我们正因为有这种爱的支撑，才有了更强大的能量；即使之前拥有不起眼的工作，但我们一定拥有改变命运的志气，才可以成就今天的自己；即使之前遭遇过被抛弃的痛苦，但我们至少也认清过自己，才会让自己变得更好更强；即使之前犯过一些有悖灵魂的错误，但我们一定在心中做过无数的忏悔，才会在今天格外小心。那些过去的自己，虽然在今天看来，是那样不忍直视，但那些都真真切切地组成了我们生命中不可或缺的元素。如果我们因为自己内心的自卑而将它们撕扯开来，那我们的生命也因缺失了这一大块变得不完整，也丧失了更多的意义。

很多时候，也许只是我们自己太过在意别人的看法，我们忘记了我们的人生是活给自己看的，而不应该总是活在别人的言论中，那样的人生不是我们自己的，而是我们伪装给别人的，我们为了取悦别人去获得自己虚伪灵魂的满足感,却迷失了那个最初的自己、那个纯粹的却真真切切的自己。

谁都有过去,谁都不该隐藏起过去的岁月,自欺欺人只会在人生的道路中迷失方向,再也找不到自己。一个人,只有拥有坦然面对一切的力量,才能更加坚定地走完这一生,才能真正快乐。放下内心那个牵绊你的包袱,你就会轻松很多,也许你会发现,其实没有人看不起你,只是你自己不肯释怀罢了。你,这个世界上独一无二的你,过去的岁月陪伴你走到现在,你不能就此丢下它,它需要你感恩,需要你用心对待。也许你该转变你的态度,你应该将这些过去的时光、岁月和那些陪伴过你的人视为珍宝,成为你此生拥有过的最宝贵的财富。

当落叶也成为一道风景

提到秋天，大家脑海里通常浮现的就是凄凉的景象：秋风瑟瑟，满地落叶。秋天是丰收的季节，秋天亦是离别的季节。记得很久之前只要提到落叶大家难免会联想到伤感，但是近来频繁看到大量的落叶的美图，不禁感叹，原来落叶在不知不觉中已经成为一道靓丽的风景。大片大片的金黄色的落叶铺天盖地地散落在街道上，那一道景致让你不得不再一次感叹大自然的力量是这样伟大，居然可以将原本的凄凉一扫而光，剩下的只是映入心底的美色。落叶，一样可以美丽。

不自觉地就想到了我们的人生，不也和这落叶的命运有着异曲同工之处吗？当我们风华正茂之时，我们努力，我们奋斗，我们尽一切去体现自己的价值，我们在社会这棵大树上找寻属于自己的一个位置，我们在风中飘摇闪耀，然而终有一天我们会离开这棵大树，终有一天我们要像落叶一样飘回地面，我们原以为我们就这样耗尽了一生，我们原以为这就是我们人生的终结，我们原以为我们已经完全没有了价值，其实我们错了，即使是落叶，我们也可以继续实现自己的价值，即使是落叶，我们也可以成为一道绚丽的风景。

常常看到很多人退离自己的岗位后就不知所措，漫无方向。也许我们也可以再一次创造我们的辉煌，也许我们可以学习很多人仍然不停歇地为这个社会贡献着力量。哪怕只是作为这个社会一个角落的美景，哪怕只能带来一天甚至几个小时的作用，也比我们甘愿承认自己落寞要好很多。

人生没有终结，因为我们的精神和毅力将永远支撑着我们，只要我们想，我们依然可以尽自己微小的一份力去为这个社会再做些什么，去为我们生存的这个世界再创造点什么。即使有一天我们终将免不了像落叶一样被燃烧成灰烬，最起码在成为落叶的那一刻我们还能体验到辉煌，就算是灰烬我们还是撒在这片美丽的大地，我们的灵魂将永远和这个世界同在。

静下心来去看看这个世界，也许你会发现原先在你眼里的世间万物其实可以有另一份景致。也许原本不美的东西在你眼里也会变得异常鲜艳，色彩分明。静下心来去感受人生，也许你就不会再自怨自艾，你会为来到这个世界的每一天感到惊喜不已。热爱生活吧，年轻的朋友们!

天空也会哭泣

从来就不喜欢雨季，尤其是南方的雨季。阴冷潮湿，天空暗沉，压得你透不过气，没法产生一丝快乐的情绪。在我看来，每一个雨季都是天空在哭泣，天空也会有情感，天空也会落泪。

天空将自己的眼泪浇灌在这片大地上，浇灌着你，也浇灌着我，天空用它硕大的泪滴掩盖着这个世界的悲伤，也冲刷着这个世界的肮脏，等到悲伤离去，才展现出它迷人的笑容，才还我们一个姣好迷人的面容。

常常听到人们说一个词“感动上苍”，如果真的可以也许就会迎来雨季，也许就会盼来天空的泪滴。天空伤心了会哭，感动了也会哭，它是一个多情的女子，用它的情绪感染着你，也影响着我。

当你情绪跌入谷底，工作不顺利，感情有问题，心中无比苦闷，你漫步在大街上，你感叹命运不公，你无法理解自己为什么会有这般遭遇，你向天空呐喊，你向天空哭泣，你向天空问责，你无助地跌坐在地上。你发现天空下起了雨，雨水浇灌着你的泪水，再也没有人看到你哭泣，再也没有人听见你的呐喊，你发现那一刻，你这个渺小的生命早已淹没在天空的眼泪里。此刻你突然变得清醒，你发现天空原来是在为你哭泣，你发现原来自己所经历的这一切都深深印在天空的眼中，你发现它用自己的泪水告诉你，它感知着你的悲伤，它希望你不要放弃，因为这一切不过是你生命中必经的一些过程，只要你努力，只要你挺过去，你一定可以看到不一样的世界。当你想明白了这一切，你会发现，天空陪着你一起拭去了泪水，扬起了它的嘴角。那一刻雨过天晴了。

当你看到一片田地常日干旱，导致这一片地方的人们的生活完全没办法进行下去的时候，你祈求天空，祈求它用泪水给这片大地浇灌，让大地能有新的生命，给这里的人们继续活下去的勇气。你每天都望着天空，你望着它那骄阳似火的面容，你祈求天空能听见你的声音，你祈求天空能同情无辜的生命。然后，终有一天你会听到那一片的人们开始呐喊，他们迎接着天空的泪滴，他们用自己的身体迎接着这大片大片的泪滴，你看到人们脸上的笑容，你看到人们兴奋地舞动着，尖叫着，你对天空在那一秒突然间多了几分崇敬之情。在那一刻你相信了天空也是有情感的，在那一刻你看到了爱的力量。

当你做了无数坏事，当你每天缩头缩脑地生活在这个城市里，当你只有晚上才敢走出你那隐蔽的房间，当你每天怀着忐忑不安的心，无数次在内心挣扎，当你不敢在夜里入睡，当你对周围的一切变得无比恐惧，当有一天你遇到天空的眼泪，你会发现这一刻天空的眼泪是那样激烈，仿佛要击穿你的每一个细胞，那一刻你发现天空不仅落泪，还发出了巨大的呐喊，你内心剧烈颤抖，你内心充满自责，你无数次告诉自己再也不要每天这样活着，你辗转难眠，你心里被天空的泪水和呐喊声敲击得没法安静下来。终于你在某天走出了自己的禁锢，你选择勇敢承担并面对自己所经历的一切，然后你发现你心中的那片敲击声再也没有了，你发现天空原来笑起来的样子是那样迷人，你抬起头回应给天空一个灿烂的微笑。

天空，在用它自己的方式展示着它的情绪，它会微笑，也会哭泣，会开心，也会悲伤，它就这样陪着我们静静地度过生活中每一天的时光，我们也因为天空的情绪而影响着自己。不要以为我们所有的快乐和悲伤只有自己才能看见，不要以为我们内心的世界只有自己才能感受，天空，这个每天都陪着我们的朋友，它感知着我们的幸福，也叹息着我们的悲伤。

这一刻，请你抬头看一下这位朋友，它现在是否也同你一样，微笑着陪伴你一起迎接灿烂的明天！

到医院走一回

看到这个标题，也许你一定要说：呸呸呸，多不吉利，谁没事去医院，医院最好不要去，去了感觉就会沾染上晦气，最好永远都不要生病，这样也就可以不用去医院了。曾经我也是这样想的，也很惧怕去医院，即使必须去时，也是屏住了呼吸，生怕会将里面混杂的病菌吸入自己的体内，更害怕的是看到那一个个躺在病床上的卑微的生命，我总能感觉到他们无助的眼神在向我苦苦地诉说，有的时候看着他们我总是在想着自己是否有一天也会如他们一样，躺在这张冰冷的床上，历经漫长的等待，等待命运的宣判。

人既然吃五谷杂粮，就没有可能也没有理由不会生病，所以你永远避免不了去到你不愿意去的地方，只有在那里，你才可以让医生帮助你将身体调整到最舒服的状态。然而现在的人，也许从踏入医院门口的那一刻起，就已经头晕目眩了。首先是黑压压的人群，如果你没去过医院，你一定不能想象原来每天不管何时都会有这么多人聚集在这里，你拖着沉重的身体却还要在这一片黑压压的人群中找到自己的位置，从进医院的第一刻起你就已经开始经历等待，等待挂号，等待叫号，等待拿药。所以从进入这个地方的那一刻起你已经没法自主去决定一切，你发现在这里命运并不是掌握在你手中，这份权利已经完全被夺走，无论你在自己的领域有多么出色，在这里你只能乖乖地做一个听话的孩子，听着医生给你指明方向。所以你会发现，在医院里，所有人都是带着期望的眼神看着医生，因为在那一刻他们知道医生就是他们的希望，只有医生才能改变他们目前不堪的现状。

由于母亲住院的缘故曾经在医院住了将近一周的时间，每天陪着母亲，陪她度过最困难的时光，也因此第一次这样和医院亲密接触。看到了曾经根本没有机会注意过的那些情景，看到了一些人、一些事，也因此对医生产生了无比佩服的情愫，佩服他们能够有如此大的本领，能将一个饱受病痛折磨的病患从痛苦中解脱出来，更佩服他们有着无比强大的心理素质，能平静地面对死亡，有的时候平静到我都觉得可怕。母亲告诉我他们早已司空见惯了，因为在医院你可能每一天都能看到新生，你也自然每一天都能遇见死亡，所以这些在他们眼里早已经被看得很淡了。可是我们呢，我们普通人，在面对每一个新生时还是难以抑制兴奋的心情，在遇见每一个死亡时还是能感到深深的震撼、悲痛。

在那段时间里，我看到了很多的不幸，也感受到了很多的眼泪和辛酸。每一个人在这里，只关注一个焦点——生命的继续。在那一刻，大家都不约而同地觉得只要能够还他们一个健康的体魄，可以不计代价；在那一刻，生命最纯粹的本质被逐渐清晰地展现在大家的面前。于是，很多人感叹自己其实一直以来忘记了上天赋予他最宝贵的财富，却一味去追求那些浮夸的外在，从来未曾真正关心过自己最至亲的身体，有的人甚至感叹也许这是身体和自己一直长久以来所作所为的一种反抗，而那些陪伴他们的人往往总是默默地在他们睡着的时候偷偷擦着泪，因为他们害怕失去，他们其实比病人还要害怕别离。

不禁在想，为什么人到真正住进医院的时候才会有这么多的感悟，仿佛以前没想到的东西在住到这里之后突然就茅塞顿开了，是因为只有这一刻我们才算是真正地静下来了，可以完全不理会外界的任何干扰了？是因为在真的面临死亡的时候，我们都自然而然地流露出了恐惧的心态？是因为我们看着身边一个个离去的生命，发现人生其实也不过如此吗？

不管如何，我想，每个人一定有自己的答案。但是我们惧怕去的地方，终究有一天还是不可避免地去面对，生命有起点就必然伴随着终点，这是大自然的规律，我们无力去抗衡。我想，在我们迷茫时，在我们被这个浮躁的社会压得喘不过气，当我们还在抱怨种种不公、哀叹种种不幸时，我们不妨去医院走一回，也许你会发现你之前想不通的那些，你之前所计较的那些，此刻都显得不那么重要了，也许你会发现你其实还很幸福，因为起码你还有一个健康的体魄，那是你还可以拥有一切的资本和前提，也许你很快便可以看清自己的方向，也许你就会变得不再那么斤斤计较，也许你还会发现你会变得更加热爱自己的生命。

其实，人这一生也就那么短短几十年，这个世界上没有一种技术可以起死回生，我们也永远无法预知明天会发生什么，但我们可以做的就是抱有一颗感恩的心，感谢自己，感谢这个世界，感谢那些我们身边出现的人、经历的事，能健康地活着已经是上苍对我们最大的恩赐，我们还有什么理由去抱怨，去仇恨，去做那些根本没有意义的争斗呢？爱自己，爱生命，爱这个世界，如果我们都可以抱有这样的心态，也许在死亡到来的时候我们就真的可以做到坦然面对，不再有悲伤，不再有懊悔，不再有恐惧，最后我们则可以安详地闭上双眼，就这样久久地睡去。

生命的意义

毕淑敏老师曾经说过:生命本没有意义,是我们赋予了它意义。非常赞同这个观点,我想,正是因为这样,每个人才用自己的智慧给生命赋予了无数意义,而且是独一无二的。世上没有两片一样的树叶,世上更不可能有两个完全一样的人,所以每个人对生命的理解自然不同。有的人认为生命的意义在于获取,有的人认为生命的意义在于奉献;有的人认为生命的意义在于奋斗,有的人认为生命的意义在于安逸;有的人认为生命的意义在于冒险,有的人认为生命的意义在于安定;有的人认为生命的意义在于不断创新,有的人则认为生命的意义在于守住经典。每个人都对生命有着自己不同的定义,每个人都在自己的字典里设定了属于自己生命的解释。

所以你一定可以发现,正是因为对生命的意义有着不同的理解,人们才会在这个世界上呈现出不同的形态,那些勇于创新、锐意进取的人们每天都在跑步前进,他们一刻也不停歇,他们通过自己的努力看到了比别人更美的风景;那些循规蹈矩、墨守成规的人们每天走两步,停两步,永远都在自己的那片景色中徘徊,他们永远不知道前方还有什么样的世界;那些无私奉献、不求回报的人们在他们的领域取得了非凡的成绩,却从不骄傲,从不自满,直到生命的最后一刻还在为全人类做着最大的贡献;那些斤斤计较、怨天尤人的人们不仅在事业上一事无成,生活里也是一无所获,到生命的最后一刻也依然露出狰狞的表情。

在生命的每一个阶段，我们对生命赋予了不同的含义。当我们是婴儿的时候，我们认为生命的意义在于汲取，汲取妈妈的乳汁，汲取众人的爱，汲取玩耍带给我们的快乐；当我们逐渐长大步入校园之后，我们认为生命的意义在于学习，学习书本上的知识，学习实践中的理论，享受在知识的海洋里遨游的舒畅；当我们走上工作岗位时，我们认为生命的意义在于进取，如何将自己的能力尽情展现，如何得到职位的晋升，如何超越同龄人成为他们中的佼佼者，享受成功的喜悦；当我们成立了自己的家庭后，我们认为生命的意义在于付出，不遗余力为自己所爱的人付出我们的全部，只为让我们所爱的人幸福快乐。等到我们老去的那天，我们坐在摇椅上，静静回忆着我们的这一生，才发现，原来生命的意义在于经历。经历过了，才知道什么是真正的快乐，什么是彻底的悲伤，什么是耀眼的美丽，什么是刺目的丑陋，什么是最纯粹的幸福，什么是最不幸的悲哀。我们将不同阶段对生命的理解串成了一串精美的珠宝，展现给世人无法估量的价值，因为那就是我们一路走过的人生，在生命即将结束的那一刻幻化成绝世珍宝。

也许你并不是非常赞同我的观点，也许你会觉得你自己对生命有着你自己的看法，有着你认定的意义，这一切都是再正常不过了。因为我们一定有着太多的不同，我眼中看到的黑也许此刻在你眼里正闪耀着煞白的光芒，但我相信，不管怎样，你至少对你的生命有着自己的理解。生命的意义，从来都不是唯一的，也没有任何标准可言，它在被你赋予意义的同时，也在照耀着你自己，它就像是你的影子一样，时而被拉长，时而又缩短，时而又消失不见，但它从来都是那么真真切切只属于你一个人，是那样普通却又是那样特别，然后就这样伴随着你的一生，在你脑海里形成一个个美丽的片段，一个个难以抹去的回忆。

你，因为有生命，从而获得鲜活的肉体和奇妙的灵魂。生命，因为被赋予了意义从而拥有智慧的光芒，将灵魂展现出五彩的斑斓！